AF099394

EMMA

EMMA

Adaptation et dialogues
De Karima Djelid

D'après l'œuvre de
Jane Austen

Pièce de théâtre

© 2019 Karima Djelid

Éditeur : BoD-Books on Demand
12-14 rond-point des Champs-Élysées, 75008 Paris
Impression : Books on Demand, Norderstedt, Allemagne

Photographie de la couverture : Karima Djelid

ISBN : 978-2-3221636-5-6
Dépôt légal : septembre 2019

http://karimadjelid.wixsite.com/karimadjelid
Page Facebook : Karima Djelid Proses et Illustrations

À Hermine, ma sœur de cœur depuis 29 ans.

J'aurais été bien désœuvrée sans ton amitié
si précieuse et délicate.

Hermine, tu fus la première à me dire de continuer à écrire et
de montrer mes textes.
J'ai fait avec toi mes plus incroyables voyages.

Je t'aime !

Ton amie et ta sœur pour toujours.

Merci à ta petite Chloé d'avoir posé pour moi.

Karima Djelid

EMMA

Préface

En décembre 2006, des élèves de mon cours de théâtre me demandèrent d'adapter *Emma*. J'étais très contente qu'ils me croient capable de ce travail et en même temps je m'inquiétais de la viabilité d'un tel projet vu que le temps imparti était restreint. Heureusement, j'avais lu *Emma* un nombre incalculable de fois. J'ai vu immédiatement quels personnages je devais prendre et comment les présenter au public.

Quelques semaines plus tard, j'amenai cette pièce à la lecture. Mon soulagement vint de leurs émois, leurs rires et de leur entrain à parcourir les pages du manuscrit.

J'ai voulu faire une adaptation libre de ce roman si complexe de par ses nombreux personnages et ses quiproquos incessants. Et, comme pour *Orgueil et préjugés*, on peut se demander comment cette histoire pourrait se terminer de façon heureuse.

Néanmoins, c'est avec une ironie déconcertante que Jane Austen conduit ses héroïnes au mariage en donnant une grande claque à la bourgeoisie anglaise de son époque.

Bien que l'humour soit déjà prédominant dans le roman *Emma*, j'en ai fait un élément central de la pièce en l'accentuant.

J'ai pesé le fait qu'une adaptation théâtrale limiterait considérablement le nombre de personnages. J'ai donc travaillé sur les sept personnages centraux du roman en me contentant de nommer les autres protagonistes.

Cela aurait pu altérer la richesse du récit, mais une parfaite maîtrise du roman m'a permis d'éviter cet écueil.

Une bonne adaptation naît toujours d'un amour inconditionnel pour une œuvre.

C'est avec ma propre joie à accentuer l'ironie d'un roman déjà tellement drôle que j'ai construit mes dialogues et ma version de l'histoire. Ainsi la scène où Mr Elton demande la main d'Emma est édifiante de par sa facétie.

Le spectacle a vu le jour en 2007, devant un public conquis par tant d'entrain et d'ironie. La magie de cette scène de théâtre transformée en un immense jardin fait encore écho à ceux qui ont assisté aux représentations et qui m'en parlent encore.

Jane Austen est un des auteurs anglais les plus lus au monde. Chacune des adaptations cinématographiques ou télévisuelles de ses six romans est un véritable succès partout sur le globe.

Cela est dû au côté intemporel et romanesque de ses œuvres. On rêve tous de connaître de tels dénouements heureux malgré tous les obstacles que rencontrent ses personnages.

Même si Miss Austen décrit un univers propre à son époque et au milieu qu'elle connaissait, il y a néanmoins une part de nous-mêmes que l'on retrouve.

Ce souci de se marier avec un parti avantageux pour se soustraire à la pauvreté et aux nombreux persiflages est malheureusement toujours d'actualité dans de nombreux pays.

Presque deux cents ans après sa parution, *Emma* et les autres œuvres de Miss Austen touchent encore et toujours nos cœurs avides de bouleversements enchanteurs.

À ma connaissance, *Emma* n'a jamais été adapté en France au théâtre. Et pourtant, je reste convaincue que le public qui chérit Jane Austen se déplacera en masse pour découvrir les personnages qu'il connait si bien évoluer sur une scène.

Une bonne adaptation de l'œuvre, une mise en scène vivace et joyeuse, de bons comédiens, de magnifiques décors et costumes sont les ingrédients parfaits pour qu'*Emma* soit un succès assuré au théâtre.

C'est inhérent au fait que personne n'arrive à apposer le mot fin sur ses œuvres. Nous avons envie que la magie perdure et s'éternise. Et ceux qui ne la connaissent pas s'amouracheront d'*Emma* et voudront la faire renaître des siècles après maintenant.

Il y a plus de 200 ans, *Raison et sentiments* était édité sans qu'il ne porte le nom de son auteur parce que l'éditeur ne croyait pas en l'œuvre d'une femme parlant d'histoires de femmes de son temps. Le triomphe est immédiat. Durant les six années suivantes, cinq autres œuvres de Jane Austen sortirent en librairie. Elle meurt avant de les voir toutes éditées.

À la sortie du roman *Emma* en 1815, le Prince Régent, le futur George IV, en est fou et lui demande une dédicace.

Nous sommes à présent dans la décennie qui deux cent ans plus tôt vit son avènement et la fin physique de Miss Jane Austen.

Aujourd'hui son esprit est toujours aussi vivace, empli de force et porteur de messages d'espoirs.

Il est donc temps de remonter le spectacle *Emma* et de faire découvrir le texte de la pièce de théâtre, à tous ceux qui savent reconnaître en Jane Austen un auteur intemporel et en moi son humble adaptatrice dévouée à ses œuvres…

En attendant, entrez dans le jardin de Hartfield où se déroule notre scène. Découvrez tout l'humour et la malice de notre chère Emma Woodhouse bien décidée à embrasser la carrière de marieuse.

Karima Djelid

L'AUTEURE DU ROMAN
EMMA

Jane Austen est une romancière anglaise née à Stevenson le 16 décembre 1775 et décédée à Winchester le 18 juillet 1817.

Au cours de sa vie, elle écrit des œuvres majeures qui restent dans le cœur des lecteurs.

Comme ses héroïnes, Jane Austen aime courir à travers la campagne. Elle suit une éducation des plus courantes chez les jeunes filles de l'époque : l'apprentissage du français, l'italien, le chant, le dessin, la couture, la broderie, le piano et la danse pour être une jeune fille des plus convenables à marier.

La famille Austen est friande de romans et Jane s'adonne à sa passion sans restriction. L'été, la grange sert de scène aux jeunes Austen qui y déploient leur passion pour le théâtre.

Elle commence à écrire, entre sa douzième et sa dix-septième année, des ébauches d'œuvres comme « Première impression » qui devient « Orgueil et préjugés », ainsi que « Elinor et Marianne » qui s'intitulera « Raison et sentiments ».

Aujourd'hui, sa maison de Winchester est un musée…

Merci Miss Jane Austen, pour tous les bonheurs passés en compagnie de Emma, Elinor, Marianne, Edward, Darcy, Elizabeth, Jane, Anne et tant d'autres.

Vous survivrez éternellement au temps qui passe car vos romans sont intemporels et d'une finesse à couper le souffle. Il n'est pas étonnant que vous soyez l'un des auteurs anglais les plus lus au monde.

BIBLIOGRAPHIE DE L'AUTEURE DE L'ADAPTATION THEATRALE

Karima Djelid écrit et dessine depuis son plus jeune âge. Elle s'invente de nombreux univers pour oublier les contraintes de son handicap.

A 25 ans, elle écrit sa première pièce de théâtre, *L'Olympe c'est Mortel !* (Prix de la mise en scène au festival de Saint-Cloud). De nombreux autres écrits théâtraux verront le jour et seront représenté sur les scènes de l'île de France. Tout naturellement, dès le début des années 2010, elle s'attelle à l'écriture de plusieurs romans dans des genres aussi variés que la fantasy, la romance historique, l'humour, le drame…

Elle créé et dirige depuis plus de 20 ans la compagnie théâtrale Phénix, qui donne des représentations dans toute l'ile de France et en province.

Depuis 2017, elle expose dans des galeries et des centres culturels ses Photos-Proses, mélange d'images et de citations courtes.

L'écriture est pour Karima son souffle de vie, d'amour et de passion incandescente et pure...

Vous pouvez suivre Karima Djelid sur :

      Facebook page Karima Djelid Proses et Illustrations
                              Instagram
                               Twitter
      Site internet : http://karimadjelid.wixsite.com/karimadjelid

En juin 2019, La Commission Supérieure des Récompenses de la Société Académique *ARTS-SCIENCES-LETTRES* lui décerne un *DIPLÔME DE MÉDAILLE D'ÉTAIN*.

Bibliographie de Karima Djelid

Roman :

Mam'zelle Bourgeois
(paru en 2013, réédition en 2019)

L'univers des Elgéendsorde
(paru en 2015, réédition en 2019)

Winzry, 1ère et 2ème époque
(paru en 2019)

Pièce de théâtre :

Emma, **d'après l'œuvre de Jane Austen**
(paru en 2016, réédition en 2019)

L'âge des passions - Volume 1 **avec les pièces**
1, 2, 3, Répèt ! **&** *Entrons en scène*
(paru en 2017)

L'âge des passions - Volume 2 **avec les pièces**
Au cœur de la tempête **&** *Peur ancestrale*
(paru en 2018)

A paraitre :
Le reflet d'un ange (roman)
Le jardin secret, **d'après l'œuvre de Frances Hodgson Burnett,**
Textes de théâtre avec des illustrations
L'âge des passions – Volume 3.

EMMA

Pièce de théâtre en 16 scènes

LES PERSONNAGES :

Miss Emma Woodhouse

Mr George Knightley

Mrs Anne Weston

Miss Hetty Bates

Miss Harriet Smith

Le Pasteur, Mr Philip Elton

& Mr Franck Churchill

Scène 1
Monologue à Highbury
Emma, Weston, Elton, Bates, Harriet,
Knightley, Mrs Elton, Churchill

C'est le noir complet sur scène.
Une voix se fait entendre.

EMMA Voix Off
Tout le monde s'accorde à dire que la préoccupation majeure d'une jeune fille est de faire un bon mariage. Le célibat n'est point admissible. Il n'est vécu comme une chose sensée que si la dite jeune fille est pourvue de richesse. Une jeune fille en mal de fortune se doit d'utiliser son intelligence. Et si elle n'en possède point, elle devra gager sur sa beauté pour se trouver un bon parti. Bien-sûr, si la beauté ou la richesse lui font défaut, je renonce à vous dire ce qu'il adviendra d'elle.
Moi, Emma Woodhouse, je ne m'en soucie guère dans la mesure où je jouis d'une fortune assez conséquente et que mon tendre père me couve de son amour. Je demeurerai célibataire sans le moindre doute. Et cela ne sera jamais méprisable. Ma fortune transforme le dédain engrangé par le célibat d'une jeune fille en haute estime. Si, si, je vous assure, tout le voisinage est de concert avec cela.

Nous sommes à une époque où une petite ville représente l'univers des gens qui y vivent. Tout se sait, ou est su dans la minute où l'événement se déroule. C'est une époque charmante où il fait bon vivre pour la petite bourgeoisie de cette Angleterre du prince régent George IV.

Une lumière auréole une jeune fille dont le visage affiche un léger sourire. Elle est face au spectateur et son attitude reflète ses propos.

EMMA
Ne soyez pas surpris, c'est bien moi. Comme vous pouvez le constater, je possède tout ce qu'une jeune fille désire. Un visage bien fait, serti d'un sourire complaisant et discret. Des cheveux soyeux, des mains petites et délicates… *(Elle les montre, puis affiche une insatisfaction sur son visage.)* **Bon, je vous l'accorde, point petites mais délicates, on ne saurait le contester. Et le plus important, un corps bien fait et élancé. La perfection en somme.**
Je pense que maintenant que je vous ai fait ma présentation, je vais pouvoir vous introduire dans le petit monde qui m'entoure… Donc, tout d'abord, je suis la fille de mon père, Mr Woodhouse. Il n'apparaîtra pas dans cette pièce, car il est beaucoup trop timide, et en réalité le budget restreint l'a quelque peu effrayé. J'ai une sœur prénommée Isabelle, mariée depuis quelques années avec un ami de la famille. Mon père ne lui a jamais pardonnée de lui avoir préféré le métier d'épouse à celui de garde malade. Mais je suspecte mon père d'être très bon comédien en accentuant ses douleurs pour que l'on soit des plus prévenants à son égard. Bref, le résultat est que me voici tante de quatre adorables

bambins porteurs de toutes les maladies enfantines que mon père a en horreur… Parmi nos amis les plus chers, il faut compter sur **Mr George Knightley** *(une lumière s'allume sur lui et s'éteint.)* **et Miss Anne Taylor,** *(une lumière s'allume sur elle)* **un amour de tendresse et de générosité. D'aussi loin que remonte ma mémoire, elle fut toujours à mes côtés en tant que gouvernante mais devint bien vite ma confidente et mon amie, nous plaçant ainsi sur le même pied d'égalité. Elle atténua la souffrance due au décès de ma mère survenu bien trop tôt. Hélas, il y a peu Miss Taylor nous quitta pour devenir Mrs Anne Weston. Le profond désarroi que je ressentis me fit oublier ô combien il était temps qu'elle s'abandonne enfin à sa vie. Je ne suis plus une enfant, et ce bonheur d'être épouse, Miss Taylor, ou devrais-je dire Mrs Weston, le mérite plus qu'aucune autre. Ma gratitude envers son affection et sa profonde bienveillance à mon égard devraient prendre un jour le pas et me faire me réjouir de son bonheur actuel. Après tout, ne suis-je pas celle qui les a réunis ? Pour le moment, je préfère bouder et faire pâle figure.** *(La lumière de Mrs Weston s'éteint. Celle de Mr Knightley s'allume. Il prône un large sourire empli de charme.)* **Voici notre cher ami à père et à moi, Mr Knightley. Il n'avait pas seize ans quand je vins au monde. Remarquez comme son âge avancé n'a pas encore atteint son visage d'une rare perfection, où l'absence de rides lui confère un air encore juvénile. Il jouit d'un domaine près du nôtre mais ses affaires le dirigent bien souvent à Londres où vit ma sœur Isabelle qui a épousé le frère de Mr Knightley. Cela dit, même s'ils sont frères, il n'aura jamais la prestance de notre Mr Knightley.**

Bien que nos avis divergent sur de nombreux sujets, j'admets que nos conversations valent bien plus qu'aucune autre car dans notre village de Highbury, point de gens assez cultivés pour exalter mon intérêt et encore moins de gens dont le rang social puisse me faire de l'ombre. La population de ce village nous confère le respect et la reconnaissance dus à notre rang. *(Une lumière s'allume sur Mrs Weston et s'éteint sur Mr Knightley.)* **Ce pourquoi, le départ de Miss Ta… Je veux dire Mrs Weston, est terriblement lourd de sens. Me voilà seule, livrée à moi-même dans ce grand domaine de Hartfield, avec un père certes empli d'amour à mon égard, mais de faible compagnie pour un esprit vif comme l'est le mien.** *(La lumière de Mrs Weston s'éteint.)* **Et ce n'est pas la compagnie de Miss Bates** *(La lumière de Miss Bates s'allume, elle salue le public d'un air enjoué et excité.)* **qui saurait me rendre plus joviale. Sa mère, veuve depuis des lustres, eut le malheur d'avoir une fille dont la beauté s'était fanée avant même d'avoir pu éclore. Le résultat fut frappant, elle ne trouva point de mari et devint la vieille fille que vous voyez. Mais le pire de tout : c'est un vrai moulin à paroles. Elle pourrait détenir le record de mots en moins d'une minute. Je vais peut-être m'arrêter là, car je pense que vous allez finir par me croire vile. En réalité, j'ai une forte affection pour elle. Et sa popularité atteste de l'estime que les gens lui témoignent. Cela est dû à la bonne humeur qui est sienne en toute circonstance et à la futilité de sa conversation qui intéresse les gens en mal de ragots. On ne saurait faire une soirée sans y convier Miss Bates et sa mère. Cela vous assure une conversation certaine pour les esprits peu enclins à la rationalité. Au revoir Miss Bates !** *(Bates avec un sourire figé* *fait un signe amical avant que la lumière s'éteigne.)* **Chez les Bates loge actuellement une jeune fille de dix-sept ans issue d'un milieu assez douteux, mais ayant l'ultime chance de posséder une beauté lui assurant son entrée dans une famille de haute stature. Miss Harriet Smith.** *(La lumière s'allume sur elle. Elle s'aperçoit qu'elle est dos au public et se remet face à lui maladroitement tout en esquissant un sourire contrit.)* **Navrée, j'avais omis de vous préciser qu'il n'y a pas que sa famille qui est douteuse, on pourrait dire que son intelligence l'est davantage. Cependant j'ai pris le parti de ne pas m'en offusquer et de mettre toute mon énergie dans l'accomplissement de cette jeune fille. J'ai résolu d'en faire une dame du monde, et de par mon entreprise, contracter un bon mariage. Cela ne sera point aisé mais je me fie à mon instinct et à mon extrême perspicacité. Mon jugement ne saurait mentir. Mr Elton…** *(La lumière sur Mr Knightley s'allume. Il est surpris et montre du doigt un autre endroit.)* **Mr Elton, j'ai dit !** *(Mr Knightley s'éteint, Mr Elton s'allume. Il semble presque au garde à vous.)* **Oh, mes aïeux, j'en perds mes pensées… Mr Elton, notre pasteur, préférant bien souvent festoyer que de servir Dieu. Ne trouvez-vous pas qu'il ferait un époux parfait pour notre belle Miss Smith ?... Moi, je gagerais qu'ils seront le couple le plus assorti de l'année. Après Miss Ta… que dis-je, Mrs Weston.** *(Les lumières sur Miss Smith et Mr Elton s'éteignent. La lumière sur Mrs Weston s'allume.)* **Oh, j'avais omis de vous parler de Mr Weston. Il fut jadis marié à une femme dont la famille s'offusqua de cette alliance au point de rejeter les deux époux. Elle mourut très tôt en laissant un petit garçon de trois ans. Mr Weston, qui n'avait pas le goût de s'occuper de son enfant, le laissa à sa belle-famille, qui l'éleva durant** les vingt années qui suivirent. A dix-huit ans, l'enfant décida de prendre le nom de sa mère. C'est ainsi qu'il devint Mr Franck Churchill. *(La lumière sur Mrs Weston s'éteint. La lumière sur Franck s'allume.)* **Mr Weston abandonna tout espoir de le voir un jour vivre à ses côtés. Le jeune Mr Churchill ne venait jamais à Highbury préférant de loin le luxe que lui conférait la famille Churchill. Mr Weston rencontrait son fils à Londres une fois l'an et se proclamait empli de fierté à son égard. Voici donc ma charmante amie Mrs Weston. J'ai réussi à le dire !** *(La lumière sur Mrs Weston s'allume.)* **Mrs Weston belle-mère d'un jeune homme de seize ans son cadet…** *(Les lumières sur Mrs Weston et Franck s'éteignent.)*

Je pense que nous allons en rester là et pour le moment, retenez ceux-ci. *(Tout en nommant les personnages avec une rapidité déconcertante, la lumière sur le personnage cité s'allume et s'éteint dans la foulée.)* **Mr Knightley, Mrs Weston, Miss Bates, Mr Churchill, Miss Smith et Mr Elton … Nous reprenons pour ceux qui auraient un esprit lent… Mr Knightley… Mrs Weston… Miss Bates… Mr Churchill… Miss Smith… Mr Elton et bien sûr, moi, Emma Woodhouse, vingt-et-un an, à l'aube d'une prometteuse carrière d'entremetteuse.**

La lumière sur Emma s'éteint lentement.

Scène 2
A propos de Mr Martin !
Emma, Harriet

Un bel après-midi ensoleillé.
Le décor représente un immense jardin, avec des fleurs en profusion, en cascade ou sur le sol. Une table, des chaises, une balançoire, des chaises longues, et dans un coin un coffre d'où dépassent des raquettes.
Emma est assise sur une couverture recouvrant un parterre de fleurs et lit un livre.
Miss Smith entre précipitamment.

HARRIET
Emma ! Connaissez-vous la nouvelle ?

D'un bond, elle s'asseoit à ses côtés.

EMMA
Non, je ne crois pas. De quelle nouvelle s'agit-il ?

HARRIET
Mr Martin a été des plus galants. Savez-vous que pas plus tard qu'hier je lui faisais part de mon grand appétit pour les noix ? Chose incroyable, ce matin il fit plus de trois miles

de sa ferme pour m'en apporter. Le voilà arrivant avec tout un panier à mon intention. C'est une preuve de son attachement, ne le croyez-vous pas ?

EMMA
Je ne saurais le dire… *(Harriet est déçue, tandis qu'Emma semble contrariée.)* **Est-il cultivé ? Sait-il lire ?**

HARRIET *(Hésitante.)*
Oui… Il lit *le Bulletin de l'agriculture* et des livres que j'ai pu apercevoir chez lui. Je lui ai conseillé de lire *Le roman de la forêt* ou *les enfants de l'abbaye*.

EMMA
Quand lui avez-vous conseillé de les lire ?

HARRIET
Il n'y a pas loin de trois semaines.

EMMA
S'est-il procuré les livres que vous lui avez expressément demandé de lire ?

HARRIET *(Elle la regarde confuse.)*
Non.

EMMA *(Grandement satisfaite.)*
C'est une preuve de son irrégularité dans sa soi-disant affection.

HARRIET
Mais il a parcouru trois miles pour me faire goûter des noix.

EMMA
Les noix étaient certainement sur son chemin. Peut-être que cela ne lui a rien coûté de faire un détour, ni fait perdre de temps… Est-il beau ?

HARRIET *(Hésitante.)*
Je ne saurais le dire. Autrefois je le trouvais quelconque. Maintenant je lui trouve quelques charmes. Mais vous l'avez certainement aperçu au village.

EMMA
C'est un fermier, il ne saurait éveiller ma curiosité. Je n'ai pas l'habitude de poser le regard sur ce genre de personne. Je pourrais m'intéresser à des gens d'une classe modeste dans l'espoir de leur rendre service, néanmoins un fermier se suffit à lui-même. Mon aide ne lui serait d'aucune utilité.

HARRIET
Mr Martin vous connaît de vue.

EMMA *(Elle affiche un air hautain.)*
Je ne doute point de sa respectabilité et je lui souhaite tout le bien… Quel âge peut-il avoir ?

HARRIET
Vingt-quatre ans.

EMMA
Bien trop jeune pour se marier. Il faudra qu'il attende d'avoir trente ans.

HARRIET *(Désespérée.)*
Dans six ans !? Pourquoi cette attente ?

EMMA
Sans fortune personnelle les hommes ne peuvent s'établir trop jeunes. Il faut d'abord faire avancer leurs affaires. Une ferme c'est très lourd à gérer.

HARRIET
Pourtant, il vit avec aisance auprès de ses deux sœurs et sa mère.

EMMA
Certes, mais je ne voudrais pas vous voir vous fourvoyer avec un indigent. La vicissitude de votre naissance ne vous donne pas le droit de vous tromper quant au choix de votre futur époux. Je souhaiterais vous voir établie dans la bonne société. Vous avez depuis quelques temps rencontré de beaux spécimens d'hommes du monde. Ne vous êtes-vous jamais aperçue ô combien Mr Martin manque cruellement de bonnes manières ? Et surtout combien il vous est inférieur ? Ne vous êtes-vous jamais demandé ce qui vous a autant séduite en lui ?

HARRIET *(Elle réfléchit.)*
Oui, je ne conteste pas que je ne saurais trouver les raisons qui m'ont conduite à le parer de ma plus haute estime dès la première rencontre.

EMMA
Mr Martin est encore jeune. Alors, vous ne pouvez qu'imaginer ce que ses manières si peu chevaleresques donneront quand il aura mûri. Aucune manière, si peu honorable, ne s'assagit avec l'âge. Bien au contraire, cela ne peut qu'empirer. Il sera un fermier vulgaire et mal dégrossi. Le livre que vous lui avez si gentiment recommandé, il n'a pu se le procurer tant il était préoccupé par ses bestiaux… *(Harriet prend un air triste. Emma prône l'air malicieux.)* **Mr Elton est tout autre.** *(Emma poursuit voyant qu'elle a gagné l'attention d'Harriet.)* **Serviable, enjoué et prévenant.** Les qualités requises à tout gentleman. Je suis surprise de la recrudescence de gentillesse dont il fait preuve à notre attention. Je suspecte qu'il vous a en haute estime. Vous avais-je fait part des propos élogieux qu'il a tenus à votre égard ?

HARRIET
Il a tenu des propos élogieux à mon égard !?

EMMA
Bien plus que cela…

HARRIET *(Exaltée.)*
Ne gardez pas silence ! Dites-moi, dites-moi !

EMMA
Il a vanté votre beauté et tous vos autres charmes, que je ne saurais citer.

HARRIET
Citez m'en un, s'il vous plait !

EMMA *(Par son mensonge elle ne sait plus que dire.)*
Pas avant que vous ne m'ayez apporté mon thé.

Harriet se lève totalement excitée.

HARRIET
Oh, que vous êtes cruelle. Je me languis déjà de ses louanges ! Ne vous éloignez pas, je reviens aussitôt.

Emma soupire de satisfaction.

EMMA Voix Off
Adieu, Mr Martin. Bonjour, Mr Elton. Ma carrière d'entremetteuse se profile.

La lumière s'éteint

Scène 3
Harriet, la pire amie qu'ait eu Emma !
Weston, Knightley, Emma

Le soleil d'une fin d'après-midi.
Mrs Weston est assise dans le jardin, elle brode un coussin d'un air serein. Mr Knightley entre précipitamment. Ils se parlent avec beaucoup d'ironie.

KNIGHTLEY
Ma très chère Miss Taylor. *(Il lui baise la main.)* Je suis vraiment navré de n'avoir pu assister à votre mariage. Sans nul doute, je suis sûr qu'il a dû émouvoir plus d'un convive.

WESTON
Certes, Mr Knightley. Néanmoins vous ne pouvez plus me nommer ainsi.

KNIGHTLEY
Par habitude je vous ai appelée Miss Taylor, et cela je m'en excuse grandement. Je puis comprendre qu'il vous tarde d'être nommée par vos proches Mrs Weston. Je conviens que ce mariage vous apporte tant de félicité.

WESTON
Il n'y a pas quinze jours que je suis mariée à Mr Weston et déjà j'en savoure toutes les joies innombrables.

KNIGHTLEY *(Il acquiesce, un sourire narquois.)*
Je vous félicite d'avoir choisi un parti aussi prometteur. Mr Weston est sans conteste un homme d'honneur. Son commerce marchant fort bien vous apportera la sécurité et l'opulence.

WESTON
Je n'en mérite pas tant, Mr Knightley. *(Il lui baise délicatement les deux mains.)* **Vous revenez de Londres ?**

KNIGHTLEY
Oui, à l'instant. Je m'inquiétais de savoir notre chère Emma dépourvue de sa meilleure amie que je suis venu sans tarder à Hartfield. Toutefois je vois que même le mariage ne vous a guère éloignée très longtemps de votre tendre Emma.

WESTON
Rien ne pourra jamais me séparer d'elle, Mr Knightley. Et puis, je n'habite qu'à un demi-mile de Hartfield. Je serais bien ingrate de ne point m'y rendre au moins une fois la semaine. Ne le croyez-vous point ?

KNIGHTLEY
Je vous crois la meilleure amie qu'on puisse souhaiter avoir, Mrs Weston.

WESTON
Et Emma, l'amie la plus attentionnée qu'on puisse rêver de connaître. Prenez place, Emma est allée chercher le thé. Vous le prendrez bien avec nous ?

KNIGHTLEY
Avec grand plaisir. *(Il s'assoit.)*

WESTON
Mr Churchill est attendu dans les jours qui viennent.

KNIGHTLEY
Ne devait-il pas être présent à votre mariage ?

WESTON
Oui, c'est exact. Mr Weston a été profondément blessé que son fils n'ait pu se libérer.

KNIGHTLEY
Ce qui prouve l'ingratitude de Mr Franck Churchill.

WESTON
Vous n'aimez pas beaucoup cet homme, n'est-ce pas ?

KNIGHTLEY
Il est pour moi l'image même de l'enfant gâté devenu homme et n'ayant aucunement de respect pour ses pairs.

WESTON
Il en a pourtant pour la famille Churchill.

KNIGHTLEY
Il n'a de respect que pour l'héritage qui sera le sien dès que sa tante rendra l'âme. L'héritage de Mr Weston fait pâle figure à côté des biens des Churchill. Non, Mrs Weston, je ne prête aucune bonté d'âme à ce jeune homme et je suspecte qu'il reportera encore son voyage à Highbury, ce qui fera grand tort à votre époux, une fois de plus. Depuis deux ans que vous fréquentez Mr Weston, vous n'avez jamais eu à le rencontrer car il n'a jamais daigné rendre visite à son père, ce qui prouve son irrespect. Mr Weston n'est plus tout jeune, il serait donc plus logique que le fils ce déplace. Mais revenons-en à notre jeune fille préférée. Sauriez-vous si Emma est toujours en amitié avec Miss Smith?

WESTON
Plus que jamais depuis mon départ de Hartfield.

KNIGHTLEY
Je doute de la nécessité de fréquenter une telle personne.

Ils prennent le ton le plus facétieux qui soit.

WESTON
Je ne vous avais jamais connu tenant un jugement aussi sévère sur autrui.

KNIGHTLEY
La bienséance voudrait qu'Emma se garde loin de ceux qui lui sont inférieurs.

WESTON
Dans ce cas, Mr Knigthley, vous condamnez Emma à ne jamais fréquenter qui que ce soit, dans la mesure où ce village ne possède personne pouvant se targuer d'être au même rang que la famille Woodhouse.

KNIGHTLEY
En effet. Mais ne trouvez-vous pas qu'il vaut mieux se tenir à l'écart de gens aussi peu cultivés que de risquer que leurs manières, si peu enclines à la bienséance, ne vous atteignent ?

WESTON
Soit, Mr Knigthley, néanmoins je ne crois pas Miss Harriet Smith si peu digne de notre Emma.

KNIGHTLEY
Si peu digne !? Elle lui est de loin inférieure ! Nul ne connait sa provenance. Qui est son père ? Ses manières n'ont nullement la noblesse adéquate et son maintien l'est encore moins. Leur intimité n'est ni bonne pour Emma ni bonne pour Harriet.

WESTON
Mais elle lui fait du bien dans la mesure où cela lui confère un nouveau centre d'intérêt. Sur ce point, nous sommes en réel désaccord. Mr Weston est de concert avec moi. Il n'y a aucune jeune fille à Hartfield qui ne siérait mieux à Emma que Miss Smith. Je vous sais mauvais juge sur la compagnie d'autrui, vous avez bien trop l'habitude d'être seul, cela ne peut qu'altérer votre jugement. Et en tant qu'homme, vous

ne pouvez comprendre à quel point il est important pour une femme de fréquenter une personne de même sexe. Je comprends que vous vouliez une personne plus instruite pour Emma. Mais je gage que Miss Smith apprendra beaucoup d'Emma et que notre Emma lira avec son amie de nombreux livres. Ce qui lui apportera grandement… Je me félicite de ne pas avoir dépendu de vos recommandations pour quitter les Woodhouse.

KNIGHTLEY
En effet, j'aurais fait un piètre entremetteur. Je suis assuré que la place qui vous sied le mieux est bien celle d'épouse. Si Mr Weston m'avait consulté pour lui trouver une épouse, je n'aurais fait meilleur choix que vous, tendre Mrs Anne Weston.

WESTON
Voilà que vous devenez moins vil, Mr Knightley. Mais ne vous y trompez pas. Il n'est point difficile d'être l'épouse d'un homme aussi accompli que Mr Weston.

KNIGHTLEY
Revenons à notre premier sujet de conversation, Mrs Weston.

WESTON *(Moqueuse.)*
Grand Dieu, je pensais que la hardiesse de nos propos sur ma bonne fortune vous avait fait oublier Miss Smith.

KNIGHTLEY
Il me faudrait bien plus que ce subterfuge pour me perdre dans mes préoccupations. J'atteste sur mon honneur que Miss Smith est la pire amie qu'elle ait eue. Elle est inculte et sans saveur. Pire, elle place Emma sur un piédestal, ce qui la conforte et pourrait la rendre imbue de sa personne. Emma pourrait croire qu'elle n'a plus rien à apprendre à force de fréquentations aussi peu stimulantes. Cette relation n'est que la couche de vernis qui cacherait la misère.

WESTON
Quoi que vous disiez, vous n'arriverez pas à me faire réprouver cet attachement. Je vous en prie, ne soufflez mot de vos préoccupations à Mrs Knightley. Vous savez bien que votre belle-sœur s'inquiète toujours pour Emma. Je doute que votre frère John approuve votre inimitié envers une jeune fille qui ne fait aucun mal. Et, j'ajouterai à cela que Mr Woodhouse approuve l'amitié de sa fille pour Miss Smith.

KNIGHTLEY
Je n'en soufflerais mot puisque tout le monde semble souscrire à cet attachement. Mais laissez-moi garder ma réserve et continuer à la réprouver.

Emma entre et dépose un plateau.

EMMA
Mr Knigthley ! Que me vaut votre visite ?

KNIGHTLEY *(Il se lève et la salue.)*
Il me tardait de rentrer pour m'enquérir de ma tendre amie Emma dont la perte de son amie la plus proche, enlevée par les liens les plus sacrés, ternit son sourire.

Mrs Weston sourit.

EMMA
Ne vous en faites point pour moi Mr Knightley, je survis du mieux possible. J'ai déjà trouvé mille occupations.

KNIGHTLEY *(Désinvolte.)*
Cette occupation ne porterait pas un nom commençant par un « S » ?

EMMA
Les nouvelles se déplacent aussi vite qu'un feu attisé par une traînée de poudre. *(Ils rient en chœur.)* Vous joignez vous à nous pour le thé ?

KNIGHTLEY
Je n'étais venu que pour cela.

Mr Knightley et Mrs Weston s'adressent un sourire de connivence.

EMMA
Peut-être resterez-vous dîner. Je pourrais vous faire la présentation de celle qui fait tant parler d'elle. Permettez que je le fasse dès ce soir ?

KNIGHTLEY
J'en serai ravi. Après avoir tant médit d'elle je souhaiterai m'amender si cette demoiselle n'est point ce qu'il parait.

EMMA
Alors faites amende honorable dès cet instant, car ce soir, vous en serez fou.

Mr Knightley rit.

KNIGHTLEY
Permettez-moi d'en douter ma chère amie. Soit, nous en reparlerons en temps et en heure. Maintenant, dites-moi : comment se porte votre père ?

La lumière s'éteint

Scène 4
Le commérage de Miss Bates
Bates, Emma, Harriet, Elton

Une lumière de fin d'après-midi.
Emma est assise à table et écrit une lettre au beau milieu du jardin. Miss Bates entre toute excitée.

BATES
Emma ! Emma ! Oh, vous êtes là, mon enfant.

Elle semble exténuée. Elle respire fortement avec quelques soubresauts.

EMMA
Miss Bates ? Que vous arrive-t-il ? Pourquoi haletez-vous de la sorte ?

BATES
Il me fallait devancer Harriet pour que je puisse être la première à vous annoncer la nouvelle. Une extraordinaire nouvelle !

EMMA
De quel ordre miss Bates ?

BATES
Du plus bel ordre, Emma. Un mariage se profile !

EMMA
Vous allez vous marier !?

BATES
Non, grand Dieu ! *(Elle rit aux éclats.)* **Quelle idée saugrenue que vous avez là. Il ne s'agit point de moi, mais de notre amie commune.**

EMMA
Harriet ?

BATES
Oui, Harriet !

Emma regarde le public d'un air satisfait tandis que Miss Bates se dirige sous l'arcade de fleurs regarder l'allée extérieure à la scène pour s'assurer qu'Harriet n'est pas là.

EMMA
Je ne pensais pas que cela irait si vite… Je n'ai jamais vu homme plus déterminé à convoler aussi promptement. *(Miss Bates revient en sautillant toute guillerette.)* **Il va falloir faire venir un pasteur du village le plus proche pour les marier.**

BATES
Pourquoi cela ?

EMMA
Pourquoi ? Mais comment notre pasteur pourrait-il être à l'office et devant l'autel ?

BATES
Je ne comprends pas. De quoi parlez-vous ?

Emma la regarde brusquement, surprise d'une telle question.

EMMA
De Mr Elton, voyons.

BATES
Mr Elton donnera l'office sans le moindre souci. Il le fait avec sobriété depuis plus d'un an maintenant. Un an ! Vous vous rendez compte que cela fait déjà un an qu'il est parmi nous ? *(Elle court de nouveau vers la sortie regarder puis revient aussitôt en virevoltant, laissant Emma abasourdie.)* Le temps passe si vite. Je ne saurais dire avec exactitude à quel moment il est arrivé mais je crois bien que c'était il y a un an. Que le temps passe vite. Les jours se ressemblent et défilent aussi vite qu'une étoile filante. Grand Dieu ! Ce sera bien le cinquième mariage qu'il officie, je crois. Ou est-ce le sixième ?... Emma, vous avez meilleure mémoire que moi. Vous en rappelez-vous ?

EMMA
Je crois bien que c'est six depuis janvier. Mais revenons-en à Harriet Smith.

BATES
Oh oui, suis-je gourde ! *(Emma sourit, tandis que Miss Bates court de nouveau sous l'arcade de fleurs regarder l'allée extérieure à la scène puis revient aussitôt.)* **Hier est arrivé dans ma demeure Mr Martin, qui apporta à Harriet un paquet qu'il tenait de ses charmantes sœurs. Les connaissez-vous ?**

EMMA
Oui, euh ! Non… A vrai dire, très peu. Qu'y avait-il dans le paquet ?

BATES
Deux partitions qu'Harriet avait généreusement prêtées à Elisabeth Martin. Et… Une lettre. Vous vous rendez compte ? Une lettre de Mr Martin en personne !

EMMA
Quel en était le contenu ?
BATES
Vous ne devinez pas, ma chère enfant ?

EMMA
Je ne saurais le dire. Et mon imagination semble être partie se promener.

BATES
Une demande en mariage !

Emma reste bouche bée et ne voit pas Miss Bates courir de nouveau vers la sortie s'assurer qu'Harriet n'est pas là.

EMMA
Je crois que je vais défaillir… *(Emma s'aperçoit que Miss Bates est encore partie.)* **Cessez s'il vous plaît de courir ainsi, vous me donnez le tournis !** *(Elle la rejoint sous l'arcade de fleurs.)* **Miss Bates, êtes-vous sûre de ce que vous avancez ?**

BATES
Oh ! Comment pouvez-vous douter de moi ainsi !? *(Elle se met à pleurer des larmes de crocodile.)* **Je suis outrée de votre manque de confiance. Mon âge m'interdit de m'adonner à de telles futilités. Croyez-vous vraiment que j'inventerais une telle chose !?**

EMMA *(Elle soupire.)*
Veuillez me pardonner, Miss Bates, ce n'est pas ce que j'ai voulu dire. Je n'avais nullement l'intention de vous blesser. Je suis juste décontenancée d'une telle nouvelle. Et grandement surprise. A notre dernière entrevue, Miss Smith semblait ne plus trouver d'attachement à Mr Martin. Je suis surprise qu'elle l'ait revu. Et surtout déçue qu'Harriet ne m'ait pas informée en priorité de ce nouveau rebondissement.

BATES
Cela ne saurait tarder car la voici qui se hâte. *(Emma regarde dehors.)* **Il faut que je me cache.**

EMMA
Je discerne une joie extrême sur son visage. Décidément, ce n'est pas bon pour Mr Elton, ça. *(Miss Bates part se cacher*

derrière un bosquet sans qu'Emma ne s'en rende compte.) **Quel culot ! Il a osé faire sa demande par écrit. Cela doit être une lettre emplie de fautes d'orthographes, dont le phrasé ferait rougir tout érudit.** *(Emma regarde autour d'elle, étonnée de ne plus voir Miss Bates.)* **Miss Bates ? Où êtes-vous ?**

BATES
Ici, Emma !

EMMA
Que faites-vous derrière le bosquet ?

BATES
Je me cache à la vue d'Harriet.

EMMA
Pourquoi ?

BATES
Je ne voudrais pas qu'elle sache que ma langue n'ait pu se tenir.

EMMA *(Face public.)*
Il est de notoriété publique que votre langue ne sait se garder bien au chaud dans votre bouche.

Miss Bates n'a pas entendu la réflexion désobligeante d'Emma tant elle est occupée à cacher son corps volumineux derrière le feuillage.

BATES
Je vous en prie, Emma, faites comme si je n'étais point-là et que vous ne saviez rien de ce que Harriet va vous dire. Je m'éclipserai dès que possible.

EMMA
Il vaudrait mieux pour elle qu'elle m'avoue ce que ce goujat lui a écrit au plus vite, sinon je ne saurais répondre de moi.

HARRIET *(Harriet entre timidement.)*
Bien le bonjour, Emma.

EMMA
Bonjour, Harriet.

HARRIET
Je suis navrée de ne pas m'être fait annoncée, mais j'avais une nouvelle des plus importantes à vous communiquer. *(Harriet regarde vers le bosquet, intrigué.)* **A qui parlez-vous ?**

EMMA *(Malicieusement.)*
A la pie bavarde cachée dans le bosquet.

HARRIET
Vous avez des pies dans votre domaine ? Montrez-les-moi, s'il vous plaît, je rêve d'en voir une !

Elle se précipite dans le bosquet. Emma l'intercepte et l'entraîne à s'asseoir. Harriet reste debout tant elle est anxieuse.

EMMA
Croyez-moi, ce genre de pie est de la pire espèce. Vous seriez désespérée si vous en aviez une dans votre jardin. Un vrai moulin à débiter des âneries. Bref, racontez-moi l'objet de votre venue.
HARRIET
Vous vous souvenez certainement de Mr Martin ?

EMMA *(Sur un ton désinvolte.)*
Qui ?

HARRIET
Mr Martin, mon ami !

EMMA
Vous avez un ami, vous ?

Bates sort du bosquet et marche lentement vers la sortie, en prenant grand soin de ne pas faire de bruit.

HARRIET
Oui. Vous ne pouvez pas l'avoir oublié. Mr Martin, le fermier. Celui qui lit *Le bulletin de l'agriculture*. Il a deux sœurs d'une extrême gentillesse.

EMMA
Oh, ce Mr Martin ! Ce monsieur-là, tant prosaïque. Celui qui n'a pas été capable de se procurer le livre que vous lui aviez si gentiment recommandé. Je l'avais oublié tant son insignifiance est grande... Vous avez encore quelques

contacts avec ce monsieur ? Je pensais que nous avions clôturé la conversation à son sujet il y a plus d'un mois.

Miss Bates est presque sous l'arcade.

HARRIET
Je le croyais aussi. Bien que je vous avouerais que je n'ai cessé de penser à lui. Et chose étrange, hier il est venu quand je m'étais absentée de la demeure des Bates. Il a déposé un paquet.

EMMA
Oui, ça je le sais, passez à la suite.

Miss Bates s'arrête brusquement.

HARRIET
Comment ça, vous le savez ?

BATES
Oh !

EMMA *(Harriet s'apprête à se retourner. Emma se lève et l'attrape par les deux épaules.)*
Oh, je voulais dire que… Etant donné qu'il était passé… j'en ai déduit immédiatement… à la lumière de ce que vous me disiez… Qu'il avait forcement déposé quelque chose à votre attention.

HARRIET
Oh, Emma, vous êtes d'une telle perspicacité. Je reconnais bien là votre grande intelligence et déduction naturelle.

EMMA
Je suis surtout assez intelligente pour me sortir de n'importe quelle situation cocasse. Installez-vous et reprenez votre histoire, ma tendre amie Harriet.

Miss Bates, soulagée, sort après avoir lancé un regard désabusé.

HARRIET
Oui, la suite est vraiment surprenante !

EMMA
Je n'en doute point. Cependant, soyez plus modérée. Il ne sied point à une jeune fille de bonne engeance de s'exalter de la sorte.

HARRIET *(Elle reprend son souffle avant de répliquer.)*
Mr Martin m'a adressé une lettre des plus merveilleuses.

EMMA
Pleine de fautes grammaticales, certainement.

HARRIET
Je ne saurais le dire. Ma grammaire n'est guère meilleure que celle de Mr Martin, j'en ai bien peur. Mais le plus important furent les mots qu'il m'adressa. Des mots emplis de passion exaltée. J'étais si ébahie par ses propos suaves

que j'en aurais perdu mon latin, si j'avais su le parler. *(Emma est désappointée.)* **Je n'avais jamais reçu de demande en mariage. Je ne savais pas ô combien cela pouvait ébranler l'être de part en part.**

EMMA
Pas tant que moi.

HARRIET
Vous êtes donc autant émue que moi, alors ? *(Emma fait une grimace discrète.)* **Je ne pouvais en espérer tant de vous. Je ne savais quoi en penser, mais j'avais si peur de votre réaction. Je sais que vous me préfériez plus encline à un homme moins terrien. Je sais que la rudesse de l'existence de Mr Martin vous déplait.**

EMMA
Si ce n'était que la rudesse… Il est clair que Mr Martin aspire à faire un mariage au-dessus de sa condition.

HARRIET
Me permettez-vous de vous remettre la lettre. J'aimerais tant que vous me disiez ce que vous en pensez ?

EMMA
Si vous insistez, je la lirai avec un plaisir non dissimulé.

HARRIET *(Toute en joie.)*
J'insiste, j'insiste !

Elle la lui tend. Emma la prend du bout des doigts. Elle s'assoit. Harriet en fait de même. Après quelques secondes de lecture, Emma semble étonnée. Harriet, au comble de l'excitation, attend avec impatience qu'Emma daigne lui parler.

EMMA
Quelle bizarrerie.

HARRIET
Y a-t-il un problème ?

EMMA
Nullement. Mais cette lettre semble parfaite en tous points. Mais je ne reconnais pas un style féminin. J'aurais cru qu'une de ses sœurs l'aurait aidé, pourtant les tournures de phrases ne sont pas l'apanage d'une femme. De plus l'ensemble est concis, prolixe et empli de délicatesse. Le contenu de cette missive est tout le contraire de ce que j'aurais pu croire capable un simple fermier.

Elle lui rend la lettre d'un air désinvolte. Puis elle reste face public sans mot dire dans l'espoir qu'Harriet comprenne que cette demande est non avenue. Miss Smith ne comprenant pas la réaction de son amie hésite à parler. Puis, intimidée, elle se risque à lui demander son avis.

HARRIET
Que dois-je faire ?

EMMA
A propos de quoi ?

HARRIET
De cette demande en mariage. Que dois-je en dire ?

EMMA
Tout doit vous venir spontanément. *(Harriet devient toute guillerette.)* Que ce soit vos remerciements ou le fait d'être navrée. Vous devez être sans équivoque.

HARRIET *(Harriet semble déçue.)*
Vous pensez que je dois rejeter cette si gentille demande ?

EMMA
Ne me faites pas dire ce que je n'ai pas dit. Vous devez vous dépatouiller seule de cette histoire. *(Harriet semble perdue. Emma la regarde de biais un moment avant de reprendre.)* Vous ne pensiez pas donner une réponse favorable à cette demande ? Je pensais que vous n'étiez là que pour que je vous induise dans votre réponse écrite. *(Harriet reste la tête baissé et fait la moue.)* Votre silence atteste votre intention de donner une réponse favorable.

HARRIET
Je ne croyais pas qu'il tienne sincèrement à moi. Je me suis sentie pleinement heureuse en lisant cette lettre.

EMMA
Mais vous hésitez. Vous êtes peu sûre de votre attachement… Il est normal pour une jeune fille d'être flattée par une telle demande.

HARRIET
Vous en seriez flattée !?

EMMA
Permettez que je ne réponde pas à cette question… Bref, une femme se doit de refuser toute demande si elle a le moindre doute sur ses sentiments, et je suis certaine de votre incertitude. Je suis votre amie, et surtout votre aînée. Cela garantit mon expérience dans ce domaine ci. Néanmoins, je ne désire nullement vous influencer.

HARRIET *(Toute triste.)*
Je ne vous prête aucune mauvaise intention. Vous êtes la bonté même. Toutefois, que feriez-vous à ma place ?... Ne croyez pas que je ne puisse trouver de réponse seule, mais votre assentiment me serait d'une grande utilité.

EMMA
Non, Harriet. Vous devez prendre votre décision seule. Je ne changerai point d'avis… *(Harriet se lève anxieuse et fait les cent pas.)* **Cela dit…** *(Harriet se précipite vers elle. Emma reprend une mine navrée.)* **Et puis non ! Je refuse de vous influencer.**

HARRIET *(Harriet est déçue. Elle réfléchit un instant sous l'œil qui se veut désinvolte d'Emma.)*
Je dois m'en tenir à une réponse puisque vous ne voulez m'induire. Je pense… Non, je suis certaine que je me dois… De refuser la demande en mariage de Mr Martin… *Elle s'assoit aux côtés d'Emma.* **Ma réponse vous satisfait ?**

EMMA
Puisque vous avez pris votre décision sans aucune influence, je puis vous dire maintenant ô combien votre réponse est des plus adéquates. Sans compter que si vous vous étiez unie à un tel être, nous n'aurions pu poursuivre notre amitié. Cette affection eut été impossible.

HARRIET
Je n'avais jamais songé à cela. Je n'aurais pas supporté de perdre votre si précieuse personne, même au profit de Mr Martin. Maintenant je suis encore plus soulagée d'avoir refusé sa demande.

EMMA
C'eut été grandement affligeant que vous quittiez la bonne société. Ce faisant, j'aurais dû renoncer à vous côtoyer.

HARRIET
Quel chagrin cela m'aurait causé.

EMMA
Je ne comprends point ce jeune homme. Comment a-t-il pensé qu'il pouvait atteindre votre rang ? Il doit être imbu de sa personne pour chasser en première classe. Sa bonne opinion de lui est impropre.

HARRIET
Je n'ai jamais senti de vanité chez lui. Il est toujours fort aimable et… *(Elle sourit de bonheur.)* Et doux… Et, et… Et serviable.

EMMA *(Paraît d'un sourire empli de fausseté.)*
Et si nous changions de sujet ?

HARRIET
M'aiderez-vous à lui répondre ? Je vous sais pleine de tact et de délicatesse. Je ne voudrais pas être gauche et maladroite dans mes propos et lui faire de la peine. M'aiderez-vous ?

EMMA
De ce pas même. *(Elle prend sa plume et la tend à Harriet.)* Il nous faut vite expédier cette affaire. Prenez garde, j'entends du bruit.

Mr Elton et Miss Bates entrent. Emma et Harriet se lèvent.

BATES
Bien le bonjour, Emma. Comme il est bon de vous voir. J'ai l'impression que cela fait une éternité. Harriet, quelle surprise de vous rencontrer ici ! Je vous amène un hôte de prestige : Mr Elton. Il avait hâte de vous revoir.

ELTON *(D'un ton mielleux.)*
Je suis extrêmement chanceux de vous voir, Miss Wood-house *(En allongeant chaque syllabe du nom d'Emma)*.

EMMA
La chance est toute entière à nous, Mr Elton. Je pourrais dire que vous tombez à point. Je me languissais de votre venue. Je l'espérais tant car je voulais vous inviter à un pique-nique en l'honneur de Miss Smith.

Harriet et Elton se saluent.

ELTON
J'en serais ravi, chère Miss Smith.

HARRIET
Je suis enchantée de votre venue puisqu'on ne cesse de faire des éloges de votre prêche.

ELTON
Les gens de Hartfield sont si délicats et moi, si enclin à la modestie.

BATES
On ne saurait être plus modeste. J'ai toujours pensé qu'un pasteur se devait d'être humble en toute circonstance. Vous l'êtes assurément autant que notre Emma l'est dans l'éloge de sa peinture.

ELTON
Vous peignez, miss Wood-house !?

EMMA
Très rarement, hélas. J'essuyais bien trop de commentaires désobligeants de la part des familles. Ils avaient toujours quelque chose à redire. Trop candide, trop laid, trop petit, pas assez joufflu, point de luminosité. Je ne supportais plus ces critiques incessantes.

ELTON *(De plus en plus mielleux.)*
L'insatisfaction des gens est parfois amère pour celui qui croit faire le bien. Peindriez-vous pour moi ? Je promets de ne soulever aucune critique désobligeante.

BATES
Oh, Emma, n'est-ce pas une proposition des plus honorables ?

EMMA
Oui, c'est certain. Mais il me faudrait un modèle. Où pourrions-nous en trouver un ? *(Ils se regardent tous d'un air embêté, sauf Emma qui a un sourire malicieux.)* Mais que je suis stupide. Miss Smith ! Vous seriez un merveilleux modèle. Ne le croyez-vous pas, Mr Elton ?

ELTON *(Il répond d'un air coincé sans oser poser les yeux sur Miss Smith aussi confuse que lui.)*
Il ne saurait en exister de meilleur.

EMMA
D'autant que l'absence de mari me confère une immunité totale sur le résultat. M'autorisez-vous à vous peindre, Harriet ?

HARRIET
J'en serais ravie.

EMMA
Je vais de ce pas chercher mon chevalet et mes accessoires. Permettez que je me retire quelques minutes, Mr Elton.

ELTON
Faites, faites, mais sachez que j'ai hâte que vous soyez de retour pour vous voir commencer votre chef-d'œuvre.

Elle les salue et sort.

BATES
Mr Elton, si ma nièce Miss Jane Fairfax avait été parmi nous, elle se serait prêtée à ce jeu pour Miss Woodhouse. Jane est sans conteste une des jeunes filles les plus accomplies d'Angleterre. Il me tarde qu'elle soit parmi nous pour vous la présenter. Hélas, elle vit chez le colonel Campbell qui l'a prise sous sa protection à la mort de son père. Quel homme admirable ce colonel ! Si généreux d'avoir pris ma nièce sous son aile, car vous devez le savoir, ma sœur mourut quand Jane n'avait pas trois ans et sans la protection du colonel Jane aurait été dépourvue de bienfaiteur...

EMMA *(Emma revient.)*
Miss Bates, pourriez-vous venir avec moi ?

BATES
Oui, ma chère Emma !

Elle salue Mr Elton et sort. Harriet et Mr Elton restent confus, intimidés et n'osent se regarder. Avec désinvolture chacun essaye de se trouver une occupation. Mr Elton fait mine de s'intéresser aux bosquets de fleurs tandis qu'Harriet fait semblant de lire un livre qu'elle semble ne pas comprendre tant elle en grimace.

ELTON
Il fait un temps magnifique aujourd'hui.

HARRIET *(Harriet est tellement surprise de l'entendre qu'elle en lâche son livre.)*
Oui, un temps magnifique, sans nuages… Croyez-vous qu'il va s'éterniser ?

ELTON
De qui parlez-vous ?

HARRIET
Du temps… C'est bien de cela dont vous parliez ?

ELTON
Oui, le temps… S'éterniser ?... Je ne suis pas devin.

Harriet se met à rire aux éclats sous l'œil offensé de Mr Elton qui n'y entend rien. Le voyant si peu réceptif elle s'arrête net.

HARRIET
Devin, vous avez dit devin… Vous êtes pasteur… C'est drôle que vous disiez cela…

ELTON
Oh, excusez-moi. Je n'avais pas compris le jeu de mot. *(Il rit faussement. Elle en fait de même. Puis ils cessent brusquement*

et reprennent leur air gêné.) **C'est très subtil, j'en atteste. Cela témoigne de votre hardiesse d'esprit.**

Puis, le silence revient. Ils reprennent leur contemplation du lieu pour se soustraire l'un à l'autre. Harriet l'admire d'un œil, puis elle prend son courage à deux mains et s'approche de lui tout guillerette.

HARRIET
J'ai entendu dire que vous aviez tenu des propos élogieux à mon égard. *(Elton reste interdit puis il affiche un air gêné. Harriet croyant qu'il est timide en rajoute une couche.)* **Emma vous avait dépeint comme quelqu'un de loquace. Et je suis ravie de constater ô combien vous êtes un homme timide, tout comme moi. Ce qui ajoute à votre charme.** *(Elle finit en affichant un sourire de béatitude.)* **Bien que je ne sois pas un… homme… mais une femme… timide… Comme vous êtes un homme timide.**

ELTON *(Il la regarde quelque peu interdit. Puis il ajoute d'un ton ne dissimulant en rien sa nervosité.)*
En tant que pasteur il m'arrive bien souvent de tenir des propos élogieux envers mon prochain sans même m'en rendre compte. Ma fonction n'est-elle pas d'être homme de bien avant d'être celui de Dieu ?

HARRIET
Certes, Mr Elton, j'en conviens.

ELTON
J'ai hâte de voir Miss Woodhouse à l'œuvre.

HARRIET
Moi de même… Croyez-vous que je devrais me changer pour une tenue moins formelle ?

ELTON
Celle-ci vous convient parfaitement.

HARRIET
Je la trouve bien trop habillée.

ELTON
Moi, je la trouve approprié. Votre châle vous couvre suffisamment.

HARRIET
C'est bien ce qui me gêne. *(Elle le retire et se positionne à vingt centimètre du pasteur qui en se retournant se retrouve le nez sur le décolleté généreux de la jeune fille.)* **Ne croyez-vous pas que cela est mieux ?**

Mr Elton se recule brutalement en détournant le regard.

ELTON
Cela… Cela est parfait, Miss… Smith.

De nouveau le silence. Puis, ils soupirent : pour Mr Elton grossièrement et pour Miss Smith de bonheur.

Lumière éteinte

Scène 5
Une peinture au Badminton
Weston, Knightley, Elton, Emma, Harriet

Le soleil apporte une grande clarté.
Mr Knightley et Mrs Weston entrent bras dessus bras dessous, l'air serein. Mrs Weston se tient à son bras. Leur démarche est lente.
Mr Knightley sort la chaise de sous la table et invite Mrs Weston à s'y asseoir. Puis il prend une paire de ciseaux et commence à couper quelques fleurs.
En avant-scène, côté jardin, il y un chevalet recouvert d'un drap. Mrs Weston regarde dans sa direction.

WESTON
J'ai hâte de voir le travail de notre Emma.

KNIGHTLEY
Je crains le pire.

WESTON
Mr Knightley !

KNIGHTLEY *(Il rit.)*
Pardonnez-moi, c'est une plaisanterie de mauvais goût. Il n'y a pas plus grand admirateur des peintures de notre Emma que moi.

WESTON
Nous le sommes tous. Je suis d'ailleurs très surprise qu'elle reprenne cette activité qu'elle avait abandonnée depuis fort longtemps.

KNIGHTLEY
Emma n'a jamais été persévérante et les critiques lui font défaut dès qu'elles sont prononcées, ce qui limite son avancement dans son travail. Je l'ai pourtant fort encouragée.

WESTON
Oui mais Emma ne retient que la critique négative, même s'il y eut cinquante critiques élogieuses au préalable… Cette petite promenade m'a exténuée. Je ne sais comment Emma et Miss Smith font pour ne pas sembler épuisées.

KNIGHTLEY
Nous n'avons plus leur âge tendre, Miss Taylor. Je suis un homme presque grabataire. Vous n'êtes qu'une vieille femme mariée et communément appelée Mrs Weston. *(Ils rient.)* A ce propos, comment se porte Mr Weston ?

WESTON
Le mieux du monde. Il est à Londres pour le reste de la semaine. Ma tâche d'épouse est de tenir la demeure, ce qui

m'occupe un peu. Mais je préfère grandement être parmi vous, au grand air…

KNIGHTLEY *(Knightley vient de finir de composer son bouquet. Il lui tend.)*
Un bien fade bouquet à vos côtés.

WESTON
Merci de votre sollicitude. Mais vous devriez vous hâter d'en composer un pour Emma avant qu'elle n'arrive. Elle pourrait croire que notre amitié a supplanté la vôtre.

KNIGHTLEY
Il est bien parfois d'enclencher une polémique.

WESTON
Parlez-moi de Miss Smith.

KNIGHTLEY
Miss Smith !? Je ne connais personne de ce nom dans mon entourage proche ou même lointain.

WESTON
Cessez de me taquiner, Mr Knightley. Dites-moi ce que vous en pensez maintenant que vous pouvez parler en toute connaissance.

KNIGHTLEY
J'avoue qu'elle peut susciter un certain respect, nullement dû à son intelligence mais seulement à sa candeur. Elle n'a

pas l'âme mesquine et nous pouvons aisément nous attacher à son extrême gentillesse.

WESTON
Mais encore ?

KNIGHTLEY
Mais encore quoi ?

WESTON
Diriez-vous que vous avez été bien prompt à son lynchage ?

KNIGHTLEY
Le mot est un peu fort, non ?... J'admets que je n'ai pas fait preuve de clémence et que j'ai tenu des propos sarcastiques à son encontre.

WESTON
Tient donc, sarcastiques ? Moi, je dirais plutôt à la limite de la vilénie.

KNIGHTLEY
Nous pouvons clore le chapitre, Mrs Weston car je vais faire amande honorable. Reparlons de Mr Franck Churchill ; si j'avais engagé un pari avec vous concernant sa prétendue venue, je l'aurais sans aucun doute gagné.

WESTON
Je vous l'accorde Mr Knightley, point de Franck en vue. Néanmoins il a écrit une très charmante lettre d'excuse à mon époux.

KNIGHTLEY
Que vaut une lettre d'excuses quand elles sont en profusion. Je suis même certain qu'il doit avoir un modèle et changer dans son écriture quelques petites phrases pour ne pas sembler se répéter.

Mr Knightley et Mrs Weston se regardent malicieusement. Emma, Mr Elton et Harriet entrent en riant

WESTON *(Elle se dirige vers Emma.)*
Emma ! Regardez les belles fleurs cueillies par Mr Knightley pour vous.

Elle fait un clin d'œil à Knightley tout en les tendant à Emma qui les sent.

EMMA
Merci, mon ami. Elles sont tout à fait charmantes.

ELTON
Pouvons-nous enfin voir votre chef d'œuvre ?

HARRIET
Les heures de pose m'ont tout engourdie durant deux jours. Mais je ne regrette nullement de m'être prêtée à ce jeu. Je me sens déjà survivre aux siècles. Je me sens presque immortelle à l'idée que ce portrait demeurera pour toujours même après mon départ pour le paradis.

KNIGHTLEY
Il est heureux de savoir que vous estimiez que vous avez droit de siéger aux côtés de Dieu en personne.

Emma montre son désappointement en jetant les fleurs à terre.

WESTON
Harriet n'est que bonté et pureté. Pourquoi ne croirait-elle point que son âme ira à Dieu ?

KNIGHTLEY
Sa vie ne fait que commencer. Il y a tant de chemins qui peuvent conduire au Diable.

ELTON *(Il applaudit.)*
Bravo ! J'aime votre répartie, Mr Knightley.

EMMA
Vous aimez, Mr Elton ? Vous, homme de Dieu ? C'est d'un mauvais goût.

ELTON
Vous croyez ?

Mrs Weston s'interpose.

WESTON
Et si nous allions admirer le tableau d'Emma !?

KNIGHTLEY
Bonne idée, Mrs Weston, avant que nous ne nous roulions dans la boue comme de simples gueux ! Emma, puis-je retirer le drap ?

EMMA
Faites, faites.

Ils se placent tous devant la peinture. Le drap est retiré sous l'œil ébahi des convives.

WESTON
Grand Dieu, Emma ! Personne ne pourrait penser que vous n'aviez pas peint durant plus d'un an. Votre coup de pinceau est merveilleux.

KNIGHTLEY
Je dirais même, pointilleux… Je constate que vous avez du vous geler, Miss Smith tant votre tenue est précaire.

HARRIET
Emma a tenu à ce que je porte une toge romaine.

KNIGHTLEY
Romaine ? Je l'aurais plutôt crue grecque.

HARRIET
Je ne saurais le dire. Je n'ai jamais su faire la différence.

EMMA
Parce qu'il n'y en a aucune. Mr Knightley prend un malin plaisir à taquiner mes hôtes.

Mr Knightley esquisse un sourire moqueur.

ELTON
Votre peinture est parfaite Miss Wood-house. Vous êtes parfaite dans votre perfection. Je n'ai vu peinture plus ressemblante. Vous l'avez dépeinte avec grandeur. Je ne pourrai plus jamais voir Miss Smith sans un œil admiratif, maintenant. *(Emma et Harriet se jettent un regard malicieux et complice.)* Vous avez mis en relief une lumière toute particulière sur votre amie. Et je souhaiterais me charger d'une tâche très importante qui jettera certainement une lumière plus éclatante sur le portrait de Miss Smith. Permettez, Miss Wood-house, que j'emmène votre précieux portrait à Londres où je dois me rendre dès demain et le faire encadrer ?

EMMA
Vous êtes charmant, Mr Elton, de vous proposer. Je pense que mon amie ne verra aucun inconvénient à ce que vous emmeniez une part d'elle-même.

HARRIET
Je n'y vois aucun inconvénient, c'est exact. Et en cela, je vous serai éternellement dévouée.

ELTON
Alors, je puis me hâter pour espérer être parmi vous au plus vite. Pouvez-vous m'aider, Mr Knightley, à porter une œuvre aussi précieuse.

EMMA
Mr Knightley, revenez vite, j'aurai besoin de m'entretenir avec vous.

KNIGHTLEY
A quel propos ?

EMMA *(Elle prend une raquette.)*
Je voudrais prendre ma revanche.

KNIGHTLEY
Emma, vous ne sauriez gagner. Je suis bien plus fort au badminton que vous ne le serez jamais.

EMMA
J'ai travaillé mon revers, Mr Knightley. Et je compte bien vous mettre la volée.

WESTON
Restez donc, Mr Knightley. Je dois rentrer et j'ai promis à Miss Bates de déposer Harriet. Nous ne serons pas de trop pour aider Mr Elton.

EMMA
Merci, mon amie. *(Elle se tourne vers Harriet. Elles se regardent avec un sourire de connivence puis se saluent. Elle fait face à Elton parée de son plus agréable sourire.)* **Mr Elton.**

ELTON
Miss Wood-house.

Ils se saluent, puis il prend la toile avec délicatesse tandis que les deux femmes s'emparent du chevalet et sortent. Mr Knightley va s'asseoir. Emma se précipite sous l'arcade de fleurs pour les regarder s'éloigner.

KNIGHTLEY
De quoi souhaitiez-vous m'entretenir, Emma ?... Emma !? *(Emma revient vers lui d'un air satisfait.)* **Que se passe-t-il ? Je doute qu'il s'agisse vraiment de Badminton…**

EMMA
Ne trouvez-vous pas que Mr Elton est bien assorti à notre Harriet Smith ?

KNIGHTLEY *(Il rit aux éclats sous l'œil désappointé d'Emma.)*
Non, Emma, vous faites fausse route.

EMMA
Croyez-vous ? Vous êtes bien un homme, incapable de palper la subtilité d'un tel rapprochement.

KNIGHTLEY
Peut-être bien. Mais je sais de source sûre quelque chose que vous ignorez.

EMMA
Ça m'est égal.

KNIGHTLEY
Ne faites pas mine de ne point vous intéresser à ce que je dis. Je vous connais bien trop, Emma. Je sais quand j'ai éveillé votre intérêt. Vous ne pouvez rien me dissimuler.

EMMA
Vous croyez ?... *(Ils se jaugent avec malice.)* Je me rends. Dites-moi ce que vous savez, si cela mérite un quelconque intérêt.

KNIGHTLEY
Je me suis rapproché depuis un certain temps d'un charmant fermier du nom de Robert Martin.

EMMA *(Désinvolte.)*
Oui, mais encore ?

KNIGHTLEY
Je suis certain que votre petite protégée se verra remettre une lettre contenant une demande en mariage.

EMMA *(Emma pose la raquette. Elle s'assoit à ses côtés.)*
Là, vous m'intriguez, cher Mr Knightley.

KNIGHTLEY
Depuis qu'ils se sont rencontrés, il en est si fou qu'il désire faire de Harriet sa tendre épouse.

EMMA *(Le narguant.)*
Hum… Mr Martin devrait se demander pourquoi Harriet voudrait de lui pour tendre époux.

KNIGHTLEY
Pourquoi ? Mais cela parait évident. Il est un homme de droiture, sans la moindre arrogance et sa seule prétention est de vouloir se placer comme le meilleur agriculteur du comté. Et j'ajouterais que sa famille est des plus honorables. Il est un bon fils et un frère grandement apprécié. Son courage ne fait aucun doute car il a su redresser l'affaire de son père défunt malgré sa jeunesse. C'est en m'énumérant tout cela que j'ai songé à l'encourager dans son inclination et du mérite qu'Harriet Smith aura de se savoir chérie par un homme aussi intègre et dévoué à sa famille. Notre entrevue se termina sur une missive que je l'aidais à rédiger. C'était il y a quelques semaines et je pensais qu'il lui avait déjà fait sa demande. Mais, à vrai dire, j'ai observé Harriet tout à l'heure et je n'ai vu la moindre trace ou émoi qu'aurait pu soulever une telle nouvelle.

EMMA
Vous ne vouliez quand même pas qu'elle affiche une béatitude sur son visage.

KNIGHTLEY
Harriet sait qu'une telle demande serait une aubaine pour une fille sans origine.

EMMA
Aubaine !? Quel effronterie ! *(Elle se lève et prend les deux raquettes. Il se lève aussi. Elle lui tend la raquette en la claquant sur son abdomen. Mr Knightley la récupère en faignant n'avoir rien ressenti de douloureux.)* **Il doit penser qu'il est bien trop digne pour qu'elle refuse sa demande.**

KNIGHTLEY
Elle l'aurait refusée ?

EMMA
Et pourquoi ne l'aurait-elle pas refusée ? *(Il est choqué et surpris.)* **Vous, les hommes vous devez vous croire bien trop importants pour qu'une jeune fille refuse le grand privilège que vous lui accordez d'être épouse. Eh bien sachez-le, Mr Knightley, une femme se doit de refuser si le parti n'est point avantageux.**

Elle lui envoie le volant violemment. Il le reçoit en pleine tête.

KNIGHTLEY
Cette fille est bien plus stupide que je ne le pensais.

S'ensuit une partie de Badminton tandis qu'ils parlent.

EMMA
Pensez ce que vous voulez. Pour ma part, Harriet Smith a fait preuve de discernement. Pourquoi aurait-elle du épouser le premier venu ?

KNIGHTLEY
Parce qu'elle est sans naissance… Etes-vous certaine de ce que vous avancez ?

EMMA
J'ai lu la missive, puis j'ai aidé Harriet à rédiger la réponse. J'avais bien constaté que Mr Martin avait dû se faire aider mais j'étais loin d'imaginer que c'était par vous. Je soutiendrai toujours qu'il est indigne d'elle et je trouve cet homme prétentieux d'avoir cru pouvoir concerter un tel mariage.

KNIGHTLEY
Ridicule ! Indigne d'Harriet ? Oui, certainement car il lui est supérieur par sa grande intelligence et sa respectabilité. Votre attachement à elle vous rend aveugle. Par quelle arrogance Miss Smith pourrait-elle se croire digne d'un parti supérieur à celui de Mr Martin ? Elle n'est qu'une fille abandonnée par son père, sans fortune et aucune famille connue. Sa culture générale laisse à désirer et le bon sens lui fait défaut. A sa charge, elle aurait pu s'instruire d'elle-même mais elle est bien trop jeune et stupide pour y avoir pensé. Sa seule arme, une beauté qui se fanera dans moins d'une décennie… Je n'étais pas persuadé que Mr Martin avait fait le bon choix mais j'avais pris le parti de ne pas m'en ouvrir à lui. J'avais perçu sa trop grande affection. On

ne résonne jamais un homme amoureux. Cette union comportait plus d'avantages pour cette jeune fille que pour lui. J'étais certain que vous approuveriez cette union, c'est donc naturellement que je me suis entremis dans les affaires de cœur de Mr Martin.

EMMA
Vous auriez dû vous en abstenir ! En dépit des qualités de Mr Martin, il n'est qu'un fermier, socialement inférieur à mon amie. Ce serait une déchéance que de les voir unis.

KNIGHTLEY
Une déchéance de se voir unie à un fermier honorable !?... Avant de vous fréquenter, cela ne la gênait nullement d'être immergée dans un milieu moins bourgeois. Vous êtes fautive de l'avoir rendu vaniteuse au point de croire qu'elle mérite bien mieux que Mr Martin alors que c'est lui qui mériterait une femme moins imbue de sa personne. Vous en avez fait une bourgeoise de la pire espèce.

EMMA
Vous êtes injuste avec Harriet ! Votre dédain vous égare. C'est une jeune fille pleine de modestie... *(Elle s'arrête de jouer, songeant au mensonge qu'elle s'apprête à proférer.)* **Et moins influençable que vous semblez le croire.** *(Elle dépose sa raquette.)* **Elle possède maintes qualités.**

KNIGHTLEY
A vous entendre je jurerais qu'il faudrait mieux que vous soyez dépourvue d'intelligence que d'encourir d'utiliser celle-ci à mauvais escient.

EMMA
Quand vous serez plus enclin à la regarder vraiment vous pourrez vous apercevoir que sa beauté et son charme valent toutes les cultures du monde. *(Elle s'asseoit.)* En la fréquentant, vous remarqueriez qu'elle a de la conversation sur divers sujets. Je serais heureuse qu'une telle jeune fille s'intéresse à vous.

KNIGHTLEY *(Il s'assoit à ses côtés.)*
Emma, j'ai toujours pensé que votre amitié était nuisible, mais je m'aperçois que vous lui faites grand tort. Vous allez la rendre si orgueilleuse que tout finira par lui sembler dû. Votre influence sur son esprit va la mener au désastre. Les hommes intelligents sont ravis de contempler la beauté mais ils ne l'épousent point si l'intérieur est dépourvu d'intelligence. Ils ne font que s'en amuser. Et ceux qui estiment leur noblesse acquise ne s'encombrent pas d'une femme sans provenance. Ne la condamnez pas à errer dans les méandres de la vanité. Soyez en mesure d'être son amie et non son despote !

EMMA *(Offusquée.)*
Nos avis divergeant, nous allons nous arrêter là, Mr Knightley. Je ne voudrais perdre notre amitié de toujours. Sans la moindre équivoque elle a repoussé son prétendant. L'affaire est close.

KNIGHTLEY
Elle n'est pas une grande perte pour Mr Martin, je réussirai bien à l'en convaincre. *(Elle se lève, Knightley en fait de*

même. Ils se saluent. Elle s'apprête à sortir. Il range la raquette en reprenant sur un ton caustique.) **Jouer l'entremetteuse est une affaire de femme et non d'enfant, Emma. Si vous songez lui faire prendre époux en la personne de Mr Elton, vous faites fausse route.** *(Elle s'arrête net.)* **Il ne se compromettra jamais dans un mariage sans dot.**

EMMA
Je ne le crois pas aussi intéressé. C'est un homme respectable et bon.

KNIGHTLEY
C'est un homme de prestance qui aime être entouré de la meilleure engeance. Il ne concertera jamais un mariage sans avantage. Il me parla, voici peu, d'une famille comptant de nombreuses jeunes filles affublées de vingt mille livres sterling.

EMMA
Je vous sais gré de m'induire. Cela aurait été fort intéressant si mon intention était de rapprocher ces deux jeunes personnes.

Elle le salue et sort. Il s'assoit. Après un temps, il sourit.

KNIGHTLEY
Je suis fort pressé de connaître la suite de cette histoire.

La lumière s'éteint.

Scène 6
Effeuillage de propos ?
Weston, Harriet

Un matin ombragé.
Mrs Weston nettoie des feuilles sur un arbuste, elle chantonne gaiement.
Harriet est assise dans le jardin et effeuille une fleur. Quand elle a fini, elle fait une grimace confirmant que le dernier pétale n'est pas arraché sur une réponse positive.

HARRIET
C'est certain, je ne pourrais jamais avoir autant de pitié pour mon prochain. Savez-vous que notre Emma donne l'aumône ?

WESTON
Elle l'a toujours fait… Le mot « pitié » n'est pas approprié. Emma a une aversion totale pour ce terme qu'elle juge peu complaisant. Emma dirait qu'elle a de la compassion pour les gens pauvres… Vous l'avez accompagnée aux abords du presbytère ?

HARRIET
Oui, hier, nous y étions. Nous sommes allées voir une famille dans une chaumière isolée. Le presbytère donne sur le bord de la route que nous empruntions pour nous rendre chez cette famille. J'ai pu ainsi admirer la merveilleuse demeure de Mr Elton, avec ses charmants rideaux jaunes. A peine étions-nous sorties du chemin pour pénétrer dans le jardin de la vieille bicoque que Mr Elton apparut.

WESTON
Vous avez rendu visite à la très charmante famille avec Mr Elton ?

HARRIET
Non, Mr Elton devait rencontrer un fermier voisin. Toutefois il nous promit d'être de retour avant que nous ne sortions. Sur ce, nous nous sommes hâtées de visiter la famille pour pouvoir faire chemin avec lui.

WESTON
Comment se portait la famille ?

HARRIET
Bien… Enfin… Leur pauvreté est affligeante. Je n'ai su me rendre utile tant je me suis trouvée empotée. Je n'ai jamais vu une telle misère. Emma a su s'en accommoder avec diligence. Elle avait amené de la soupe à la vieille femme alitée. Aussi, du pain et quelques légumes. Moi, je n'ai fait qu'observer avec quelle facilité Emma se rendait utile à ces gens.

WESTON
Vous apprendrez, Miss Smith. Un jour cela vous semblera aussi facile qu'à notre Emma. Je suis certaine qu'il y a une part de bonté en chacun de nous. Un jour elle nous apparaît et nous devons la servir…

HARRIET
Bref ! *(Elle sourit au ciel bêtement. Mrs Weston, face à la désinvolture de la jeune fille, sourit discrètement.)* **Mr Elton nous attendait devant la maison et nous reprîmes le chemin. Mais Emma eut un problème de lacet, ce qui fit que je me retrouvais seule avec Mr Elton. Il se confia à moi à propos d'une soirée qu'il donna au presbytère avant-hier. Il y avait invité un certain Mr Cole. Quand Emma nous rejoignit, Mr Elton, nous convia à entrer dans sa demeure pour réparer son lacet.**

WESTON
Vous semblez porter un vif intérêt à ce monsieur.

HARRIET *(Elle reste interdite avant de reprendre avec une habileté qui ne trompe pas Mrs Weston.)*
Quel paroissien ne donnerait pas d'intérêt à son pasteur ? Je ne fais qu'avoir de la dévotion pour l'émissaire de Dieu.

Mrs Weston sourit discrètement.

WESTON
Excellente réponse, Miss Smith. Je n'aurais pas fait mieux pour dissimuler un attachement.

HARRIET
Je ne comprends pas, Mrs Weston...

WESTON
Aucune importance, Miss Smith. Continuez votre effeuillage.

HARRIET *(Harriet fait mine de ne pas comprendre. Puis elle reprend une fleur et l'effeuille.)*
Dites-moi, Mrs Weston, pourquoi Emma n'est-elle pas mariée ?

WESTON
Tout simplement parce que son cœur n'a pas encore trouvé grâce. Elle a toujours été choyée par son père qui la couve de mille attentions. Je pense qu'elle craint de ne jamais trouver cela chez un autre homme.

HARRIET
Une femme célibataire n'est pas décente.

WESTON
Une femme célibataire de la trempe d'Emma sera toujours décente. Elle possède la fortune qui lui confère le respect.

HARRIET
Oui, mais tout de même... Miss Bates est parfois raillée d'être vieille fille.

WESTON
Les gens qui la raillent ne méritent pas de poser les yeux sur elle. Et si elle est raillée, ce ne sera jamais le cas pour Emma. Mais je doute que pareille jeune fille reste célibataire. Un jour, elle tombera sous le charme d'un honnête homme, qui la couvrira de tout son amour. Alors elle l'aimera et se laissera tenter par les liens sacrés du mariage. Croyez-moi, Emma trouvera celui qui supplantera son père. Tout honorable qu'il soit, il trouvera son maître.

Elles se sourient chaleureusement.

Lumière éteinte.

Scène 7
La charade
Emma, Harriet, Bates

Le soleil irradie le jardin.
Emma lit un livre, allongée sur une couverture. Elle entend quelqu'un s'approcher d'un pas lent en toussotant.

HARRIET *(Tenant une missive.)*
Non, vraiment, je n'y entends rien !

EMMA
Qu'est-ce que c'est ? Une autre demande en mariage ?

HARRIET
Emma, vous me taquinez, là… *(Elle s'assoit à côté d'Emma.)* **C'est une charade concoctée par Mr Elton en personne à mon intention. Et remise en main propre ce matin même. Il y a là de quoi rêver, non ?**

EMMA
Sûrement ma chère amie. Un homme préparant avec soin une charade pour une jeune fille veut sans la moindre ambiguïté faire passer un message… *(Harriet prend un air triste.)* **Pourquoi cette soudaine tristesse ?**

HARRIET
En réalité… Tout est compliqué pour moi. Cette charade est une torture morale tant je n'y entends rien… Pouvez-vous la lire ? Peut-être comprendrez-vous bien mieux que je ne saurais le faire ?

Harriet toussote à maintes reprises.

EMMA
Je vais m'essayer à cette tâche. *(Harriet lui tend la lettre qu'Emma s'empresse de prendre.)* **Donc... « *À Miss* ». Je pense que nous pouvons dire « Smith » sans nous tromper. Bien, commençons !**
Mon premier manifeste l'or et la pompe des rois,
Ces seigneurs de la terre ! Leur luxe et leur aisance
Mon second fait surgir une autre vue de l'homme
Voici qu'il est ici le monarque des mers !
Seigneur sur terre et sur les flots, réduit en esclavage
Et sans partage règne une femme charmante
Le nom de ce rébus à ton esprit si vif
Surgira, et j'attends ta douce approbation.
(Emma réfléchit un instant sous l'œil insistant d'Harriet. Puis elle se lève et se dirige en avant-scène, laissant Harriet perplexe.) **J'ai eu en ma possession des charades sans saveur. Celle-ci témoigne de l'esprit vif de ce monsieur. Je vous félicite, Mr Elton, d'employer un mot comme « *approbation* », révélateur sur vos intentions. «** ***J'attends ta douce approbation*** **»… «** ***Douce*** **» vous convient tout à fait, Harriet. Ce qui reviendrait à dire : Miss Smith, permettez-moi de vous courtiser… «** ***Ton esprit si vif*** **»** *(Elle fait une*

grimace.) **Soit, Mr Elton, vous en êtes fou amoureux pour en parler ainsi...** *(Elle sourit à Harriet qui ne comprend rien.)* **Ah, mon cher Mr Knightey, nul doute que votre avis s'en trouverait changé à la lecture d'une si belle charade.**

HARRIET *(Harriet toussote un peu.)*
Que peut-il dépeindre ? Tous ces mots n'ont aucun sens pour moi. Miss Woodhouse, je donne ma langue au chat, car je n'ai jamais lu une charade aussi complexe. Il dit « *Royaume* **» en est-il le monarque ou cela a-t-il trait à quelqu'un d'autre ? «** *Et sans partage règne une femme charmante* **»... Qui est la jeune femme charmante ?... «** *Seigneur sur terre et sur les flots* **» Neptune ou Poséidon muni d'un trident ? Ou encore une sirène envoûtée ? Ou peut-être l'image d'un reptile des mers ou un requin. Non, cela ne se peut, un requin est l'emblème du mal... Mr Elton est d'une rare intelligence pour écrire quelque chose d'aussi alambiqué.**

EMMA
Je n'irais pas jusque-là. Mais il peut se targuer de posséder un esprit quelque peu tortueux... Je dirais, « *l'or et la pompe des rois* **»... c'est la cour dont il est question... «** *Réduit en esclavage* **», ce sont les fers. Faire la cour.** *(Elle lui redonne la lettre.)* **Pour le reste, cela semble explicite et je ne doute nullement que vous ayez saisi le sens de la phrase «** *j'attends ta douce approbation* **». Relisez-là lentement, c'est certain, elle vous est adressée.**

Harriet explose de joie avant de reprendre la lecture de la charade avec bonheur. Tandis qu'Emma s'apprête à rejoindre la table.

BATES
Miss Woodhouse, Miss Woodhouse ! Êtes-vous là ? Miss Woodhouse !

Emma se précipite vers Harriet et l'entraîne dans le bosquet.

HARRIET
Que faites-vous Emma ?

EMMA
Taisez-vous et restez cachée !

HARRIET
Mais il ne s'agit que de Miss Bates.

EMMA
Justement, chut ! *(Harriet toussote un peu.)* **Cessez de toussoter, vous allez nous faire repérer.**
Miss Bates entre. Et regarde l'endroit désert avec étonnement.

BATES
Miss Woodhouse !? Miss Smith !?... Ouh, ouh ! Il n'y a personne ?… grand Dieu, où êtes-vous ?

Elle voit les gâteaux sur la table. Elle regarde si personne n'est là. Puis, elle s'approche de la table d'un air désinvolte. Elle prend un gâteau qu'elle enfourne dans sa bouche goulûment.

Puis, elle en prend toute une poignée et s'en va après avoir jeté un regard sur le jardin. Emma sort du bosquet et court sous l'arcade pour voir si elle s'éloigne bien. Puis elle pousse un soupir de soulagement.

HARRIET
Pourquoi nous sommes nous cachées de Miss Bates ?

EMMA
Parce que je ne supporte plus ses conversations d'une affligeante futilité. Vous comprendrez plus tard, quand vous l'aurez suffisamment côtoyée pour en souffrir à chaque nouvelle visite.

HARRIET
Cela n'est pas très catholique.

EMMA
Alors, heureusement que nous ne le sommes point, dans la mesure où nous sommes protestantes.

HARRIET
Oui, mais… *(Emma va s'asseoir et se sert un thé.)* **Savez-vous que Mr Elton est prisé par tous ? Il n'y a pas un jour qui passe sans qu'il ne reçoive maintes invitations qu'il ne peut décemment honorer étant donné que la semaine ne comporte pas assez de jours pour qu'il puisse satisfaire tous ses paroissiens. Miss Nash garde précieusement tous ses sermons.** *(Elle toussote de plus belle.)*

EMMA
Miss Bates nous a pris tous nos gâteaux !

HARRIET
Je me remémore la première fois que je l'ai vu. Nous l'avions épié les sœurs Abbot et moi tandis qu'il donnait son prêche. Il était si plaisant à regarder.

EMMA
Et cet homme plaisant vous appartiendra très bientôt.

HARRIET
Oh, Emma, c'est vous qu'il est plaisant de regarder. Sans votre aide je n'aurais jamais pu élucider cette charade. J'aurai pu passer une année sans en voir la lumière. Votre intelligence est égale à celle de Mr Elton. *(Emma grimace. Harriet se lève en riant aux éclats puis tournicote la charade dressée au ciel, puis elle s'arrête net.)* Comment lui faire passer le message que tout est dit, que tout est clair, et que j'en ai compris la raison ? Oh, qu'allons-nous faire pour qu'il le sache ?

EMMA
Je me charge de cela, Harriet. Soyez lumineuse comme jamais pour qu'il perçoive que vous avez cerné son propos.

Lumière éteinte

Scène 8
L'envolée de Mr Elton
Elton, Emma

Le soleil apporte une grande clarté.
Mr Elton est assis à la table du jardin. Il semble anxieux. Puis il se lève, ne tenant plus assis. Il se dirige vers la sortie et voit quelqu'un. Il entre précipitamment dans le jardin ne sachant plus vers quoi se diriger.

ELTON
Grand Dieu ! *(Apeuré, il regarde le ciel et fait un signe de soumission.)* **Pardonnez-moi, seigneur, je tâcherais de ne plus jurer à l'avenir. Mais aidez-moi à me trouver une occupation.**

Il voit la raquette. Il s'en empare et commence à faire des mouvements militaire tous plus ridicules les uns que les autres. Miss Woodhouse entre.

EMMA
Mr Elton ! Vous êtes en avance.

ELTON
Oh, grand Dieu ! *(Il regarde le ciel comme un enfant qui attendrait la réprimande.)* **Miss Wood-house ! Il faisait si beau que je me suis laissé tenté par une promenade. La fin de l'été est proche, je profite donc de tout moment au grand air.**

EMMA
Oui, il est vrai que nous avons eu un excellent été cette année. Les propriétaires terriens le déplorent mais nous, pauvres badauds, cela nous convient tout à fait. *(Il la regarde avec un sourire béat, ce qui commence à inquiéter Emma.)* Vous êtes venu à pied depuis le presbytère ?

ELTON
Oui, Em-ma.

EMMA
Emma ?... Je ne savais pas que nous étions devenus si intimes.

ELTON
Cela vous gêne que je me le permette ?

EMMA
Nullement, Mr Elton.

ELTON
Non, pas de Mr Elton entre nous.

EMMA
Si, j'insiste. Il me plait de vous nommer ainsi.

ELTON
Et moi il me tarde que vous m'appeliez par mon petit prénom. Philip !

Emma, très embarrassée, se soustrait au regard de Mr Elton. Elle sent qu'il la regarde avec insistante, elle se décide donc de lui faire face.

EMMA
Vous jouez au badminton, Mr Elton ?

ELTON *(Il jette la raquette.)*
Non, jamais.

EMMA
C'est un excellent exercice, pourtant.

ELTON *(Mielleux)*
Je vous le concède, Em-ma.

Il la regarde avec un grand sourire admiratif. Emma commence à s'en inquiéter.

EMMA
Je vais m'en retourner. Il faut que je me prépare pour le bal… Oh ! Je suis vraiment navrée de vous annoncer une telle nouvelle mais…

ELTON
Vous n'êtes point souffrante ?

EMMA
Non… Aucunement. Mais Miss Smith l'est. Elle a contracté une mauvaise grippe. C'est fort dommage pour une fin d'été si ensoleillée… Vous devez être vraiment désappointé qu'elle ne puisse pas nous accompagner.

ELTON
Non… Enfin, je veux dire, oui… *(Sur un ton mielleux.)* Je suis grandement désappointé par une telle nouvelle. La soirée va nous paraître bien fade sans elle.

EMMA
Je suis heureuse que vous partagiez mon ressenti.

ELTON
Je voudrais partager bien plus que cela, Em-ma. *(Elle reste bouche bée.)* Miss Smith est certes une compagnie très agréable, néanmoins je préfère de loin la vôtre.

EMMA
Vous ne trouvez pas cela fâcheux qu'elle ne soit pas parmi nous ?

ELTON *(De plus en plus mielleux.)*
C'est si fâcheux et en même temps si plaisant car cela nous permet de nous rencontrer… *(Il s'avance, Emma recule.)* Seul à seul… *(Il s'avance de nouveau, Emma recule.)* **Tout**

seuls… *(Il s'avance, Emma recule.)* **Dans ce magnifique jardin propice au rapprochement.**

EMMA *(Inquiète)*
Vous êtes souffrant, Mr Elton ?

ELTON
Pas le moins du monde. Si je l'étais, ce ne serait que par mon esprit fiévreux de vous. *(Il s'approche d'elle brusquement en ôtant son chapeau et s'agenouille.)* **Quand je vous vois, mon corps est pris de violents frissons… Chauds et froids je ne saurais le dire, mais il est clair que vous les provoquez !**

EMMA
Vous divaguez, Mr Elton !

ELTON *(Il lui prend la main et la porte à sa joue.)*
Nullement, ma tendre Emma. Vous me transportez hors de mon corps mieux que ne saurait le faire Dieu en personne… Je vous aime, Emma. D'un amour qui me consume depuis l'instant où j'ai eu l'ultime honneur de porter mon regard sur vous.

EMMA *(Elle arrache sa main de son étreinte et se dirige vers la balançoire.)*
C'est un cauchemar !

ELTON *(Sourire de béatitude.)*
Non, un rêve, Em-ma.

EMMA
Quand vous connaîtrez ma réponse, croyez-moi vous classerez cette hérésie dans les plus immondes cauchemars.

ELTON
Vous ne comprenez pas, ma tendre Emma…

EMMA
Oh, si, j'ai bien compris. Mon Dieu ! Qu'est-ce que j'ai fait pour mériter ça ?

ELTON
Certainement quelque chose de merveilleux… Oh, Emma… *(Il lui jette un regard coquin, puis, il s'avance dangereusement vers elle. La jeune femme se sert de la balançoire comme bouclier.)* Vous me désirez, je le sais. Je l'ai compris à votre insistance pour me voir. Je vous ai vue un nombre de fois incalculable passer sous mes fenêtres dans l'espoir que je vous voie. *(A chaque fois qu'il contourne la balançoire elle fait de même dans l'autre sens.)* J'ai vu votre manège avec votre lacet. Vous l'avez arraché pour être secourue par moi et vous réfugier à mes côtés dans ma demeure. Comme j'ai haï Miss Smith d'être avec nous ce jour-là.

EMMA
Cessez, Mr Elton, vous m'offensez !

ELTON
En quoi vous offenserais-je ? Je ne dirai à personne combien vous avez été entreprenante. Je serai muet comme une carpe

et ferai part à tous que j'ai été le premier à m'ouvrir à vous. Ne faites pas l'enfant, je vous suis acquis. Cessez cette semblance de rejet, dites-moi que vous m'aimez et donnez-moi un chaste baiser. Vous serez grandement récompensée.
Il se précipite sur elle pour l'embrasser. Elle se débat et en dernier lieu attrape la raquette et le frappe avec. Il la lâche.

EMMA
Vous êtes odieux !

ELTON
Je ne comprends pas, Emma !?

EMMA
Je ne suis venue sous vos fenêtres uniquement parce que c'était le seul chemin pour donner à manger à une vieille femme malade de votre paroisse. J'ai brisé mon lacet pour vous laisser seul avec Harriet. Et je n'ai pénétré chez vous que pour être accommodante à mon amie. Harriet vous aime, pas moi !

ELTON
Harriet !?... Harriet, Harriet, Harriet, Harriet ! Avez-vous pleinement conscience de ce que vous venez de dire ?

EMMA
Evidemment, Mr Elton.

ELTON
Grand Dieu ! *(Il regarde au ciel.)* Pardonnez-moi seigneur, de jurer de la sorte… Emma, avez-vous perdu la tête ? Oui,

cela ne peut être autrement. Vous souffrez d'une fièvre exotique amenée des navires qui abordent nos côtes. Il faudrait interdire toute personne venue d'horizon aussi lointain de jeter l'ancre à Southampton. On ne saurait être plus enclin à la prudence.

Elle semble excédée et le met en joue avec la raquette.

EMMA
Mr Elton, je puis vous assurer que je ne suis atteinte d'aucune fièvre, et exotique encore moins. Je ne vous porte dans mon cœur qu'avec la plus sincère dévotion due à mon amie qui vous fait grâce d'un amour sincère. Je ne suis là que pour Harriet. Je ne vous ai approché avec autant d'ardeur que pour Harriet. Harriet est la seule raison de notre rapprochement, Mr Elton. Il ne saurait être question d'autre chose. Je suis navrée que cela vous déconcerte à ce point.

ELTON
Déconcerte !? Je ne suis point déconcerté, je suis furieusement outré d'une telle révélation… Peut-être que tout cela n'est qu'une farce, une mascarade.

EMMA
Je puis vous assurer que tout n'est que réalité sans le moindre ombrage ou dissimulation… Je vous en prie, reprenez vos esprits.

ELTON
Reprendre mes esprits quand vous m'apparaissez si pleine de grâce. Si prompte à me repousser avec ferveur et sans délicatesse. Quand je sais que je vous désire et ne voudrais que notre rapprochement.

EMMA
Très bien ! Ne reprenez pas vos esprits… Sortez immédiatement de chez moi. *(Il s'apprête à parler.)* Ne dites plus un mot, il se transformerait immédiatement en offense… Joyeuse soirée, Mr Elton. *(Il la regarde un instant profondément outré. Puis il sort en couinant « Oh là là ! »)* C'est un cauchemar. Je vais me réveiller d'une minute à l'autre. Réveille-toi, Emma. *(Elle se pince.)* Aie ! Fut-il possible que cela soit réellement réel. Ô, mes aïeux ! Cela ne se peut. Je ne puis manquer de discernement à ce point… Harriet, ma pauvre Harriet, comment vais-je lui annoncer une telle ineptie ?… Ma carrière d'entremetteuse prend l'eau. Comment vais-je arrêter le naufrage de mon navire ?... *(Elle regarde le public avec malice.)* Peut-être un nouvel amour pour Miss Smith. Croyez-vous qu'elle puisse retomber amoureuse, disons, dans les… deux prochains jours ?

La lumière s'éteint

Scène 9
Au secours Mrs Weston !
Weston, Emma, Harriet

Un grand soleil inonde la scène.
Mrs Weston et Miss Smith jouent aux cartes. Miss Woodhouse entre et s'arrête net en voyant Harriet. Mrs Weston l'aperçoit. Emma lui fait un signe et se cache derrière un bosquet.

WESTON
Miss Smith, pouvez-vous faire servir le thé ?

HARRIET
J'y vais de ce pas. Je vous en prie, ne jouez pas avant mon retour.

WESTON
Ne vous en faites pas, je vous attendrai. *(Harriet se précipite hors du jardin. Mrs Weston reste un instant assise. Voyant qu'Emma ne daigne pas sortir du bosquet, elle s'en inquiète. Elle finit par se lever et s'approche du bosquet.)* **Emma ?... Que se passe-t-il, ma chère ?... Emma ?**

Toujours cachée derrière le bosquet.

EMMA
Je me sens salie.

WESTON
Salie ? Grand Dieu, Emma, que vous est-il arrivée ?

EMMA
Est-ce à moi que cela est arrivé ou à Miss Smith ? Je ne saurais le dire.

WESTON
Emma, montrez-vous, mon enfant.

EMMA
Non, je me sens bien trop honteuse pour cela.

WESTON
Très bien, Emma. Vous avez le droit de préférer rester cachée… Mais, vous devez me confier tout ce qui vous tourmente.

EMMA
Vous n'allez pas me gronder ?

WESTON *(Elle rit.)*
Grand dieu, Emma ! D'aussi loin que je puis me souvenir, je ne me rappelle point de vous avoir grondée un jour. *(Elle s'assoit dos au bosquet. Emma parle, toujours cachée.)*

EMMA
J'ai commis une grave erreur de jugement, et ce faisant j'ai causé grand tort à mon amie… Vous connaissiez mes projets de rapprocher Miss Smith de notre pasteur. J'avais tout décortiqué, observé, et ma déduction était que Mr Elton était épris de Miss Smith. Tout semblait tendre vers cela. Il était bien trop prompt à nous rejoindre à la moindre occasion. L'encadrement du portrait à Londres m'a confirmé que son désir était d'être proche de notre Harriet… Hier, ici même, je me suis heurtée à quelque chose que je n'avais nullement prévu.

WESTON
A savoir que Mr Elton n'était nullement épris d'Harriet mais bien de vous, ma chère Emma ?

Emma sort du bosquet, surprise d'une telle réponse. Elle la regarde consternée.

EMMA
Vous étiez au courant ? *(Mrs Weston se contente de lui sourire chaleureusement.)* **Comment ?**

WESTON
Il suffisait de l'observer, Emma.

EMMA
Cela confirme donc mon manque de lucidité total.

WESTON
Cela est plus simple pour une personne extérieure à l'affaire, Emma. Vous ne pouvez vous reprocher de ne pas avoir vu ce qui était frappant pour beaucoup.

EMMA
Je dois reconnaître que Mr Knightley m'avait prévenu que Mr Elton cherchait un parti avantageux. Comme je déplore qu'il ait eu raison. Il m'avait bien induite, certes, mais sans me préciser que c'était moi que Mr Elton convoitait.

WESTON
Cela eut été délicat de vous en faire part, Emma. *(Elle se lève et s'approche d'Emma.)* Vous avez repoussé Mr Elton, c'est ça ? *(Emma fait un signe positif.)* Ce faisant, vous avez agi comme il se devait. *(Emma se détourne d'elle.)* Pourquoi vous morfondre, alors ?

EMMA
Parce que j'ai induit Harriet à croire que Mr Elton était épris d'elle. J'ai tout fait pour qu'elle refuse la demande en mariage de Mr Martin au profit de l'hypothétique demande en mariage de Mr Elton.

WESTON
Emma !? Pourquoi ?... Mr Martin... Oh, le pauvre homme, comme il doit être malheureux.

EMMA
Comment ça ? Je ne me reproche rien concernant Mr Martin. Il n'est pas l'égal de notre Harriet.

WESTON
Emma, vous me choquez ! Comment pouvez-vous avoir un tel jugement sur ce jeune homme empli de qualités ?

EMMA
Je ne crois pas m'être méprise sur son compte.

WESTON
Et pourtant si, Emma, vous vous êtes grandement méprise.

EMMA
A en croire vos propos et votre air outragé, vous êtes de concert avec Mr Knightley.

WESTON
Je pense sincèrement que Mr Martin est pourvu de bon nombre de qualités qui font défaut à Mr Elton. Et qu'en cela votre jugement est faussé. La respectabilité et l'honorabilité ne sont pas l'apanage de la bourgeoisie et de la noblesse. Cela se mérite par ses actes de foi et de générosité. Et si vous ne croyez pas en cela, Emma, vous serez bien des fois leurrée par une simple étiquette. Ne soyez point prompte à juger, mais soyez prompte à le faire avec parcimonie et en toute connaissance de cause.

Harriet entre avec un plateau à la main. Les deux femmes la regardent un instant ce qui inquiète Harriet.

Le plein feu s'éteint. Une lumière douche se fait sur Harriet assise sur une chaise longue. Emma, à même le sol, est assise à ses côtés.

HARRIET
Je suis heureuse que vous me l'ayez dit, même si j'en éprouve une extrême tristesse. Bien qu'en ayant longtemps douté de cela, il me plaisait de croire que Mr Elton avait de l'affection pour moi. Vous m'aviez donné une confiance en moi que je n'avais pas. Je l'aime depuis peu et il me plaisait de croire que cela était partagé… J'en avais même oublié Mr Martin… J'ai été bien prétentieuse de croire que Mr Elton pouvait nourrir le souhait de faire de moi son épouse. Qui suis-je pour croire qu'un homme aussi aimé que Mr Elton pourrait me mettre ainsi en si haute estime ?

EMMA
C'est à moi que la faute incombe. C'est moi qui vous ai poussée à croire en cela. Je suis la seule responsable, Harriet, de ce méfait. Ne vous blâmez en rien. Je ferai tout pour vous satisfaire dès à présent.

HARRIET
Vous êtes si généreuse, Emma. Je vous serai éternellement gré d'être mon amie.

EMMA
Merci, ma chère amie. *(Emma sourit et se lève vivement. La lumière sur le jardin se rallume.)* **Bien !** Refermons la parenthèse. Je ne suis point tragédienne et je préfère que la vie soit une grande farce. Puisque nous devons rayer Mr

Elton de votre liste de prétendants il nous faut trouver un substitut... Mr Weston vient d'annoncer que Mr Churchill, son fils bien-aimé, arrivera dans les prochains jours. Quoi de plus joyeux que cette annonce ?

HARRIET
Oui, mais... *(Elle poursuit de sa voix fluette et timorée.)* Je pensais... Plus à... Mr Martin...

EMMA
Laissez tomber Mr Martin ! Un homme éconduit ne refait jamais surface. Il y va de son honneur.

HARRIET
Vous croyez ?

EMMA
Fiez-vous à ma grande expérience. *(Harriet fait une grimace.)* Mrs Weston nous présentera Mr Churchill dès son arrivée et je suis sûre qu'il sera subjugué par votre beauté.

HARRIET
C'est ce que vous disiez concernant Mr Elton.

EMMA
C'est exact. Là où j'ai manqué de discernement concernant Mr Elton est de l'ordre de la fortune. Mr Elton n'en possède point. Il est donc naturel qu'il l'ait recherchée. Mr Franck Churchill est riche... Très riche... *(Emma sent qu'elle captive Harriet.)* Extrêmement riche quand son héritage lui sera livré. La fortune ne sera donc jamais sa motivation

principale dans le mariage. L'amour est incontestablement son objectif premier. Vous êtes la plus gracieuse créature que ce village possède. Si vous parlez à bon escient, nul doute qu'il vous contemplera. Toutefois, vous avez des rivales à Highbury, qui tenteront toutes d'accaparer Mr Churchill. Celle qui nous posera le plus grand problème est sans conteste Miss Jane Fairfax.

HARRIET
Miss Fairfax, la nièce de Miss Bates ?

EMMA
Oui, celle-là même. Pour le moment elle vit chez son bienfaiteur, Mr Campbell, toutefois il est question qu'elle revienne chez sa grand-mère et sa tante. J'espère que cela se fera bien plus tard pour que nous ayons le temps de poser les bases de votre amour.

HARRIET
Notre amour ! Mais je ne connais même pas ce monsieur.

EMMA
Qu'importe, tout le monde s'accorde à ne faire que des louanges de Mr Churchill. Il a la réputation d'être courtois, attentionné, intelligent, bref, tout se qui sied à un homme accompli. Il n'y a que Mr Knightley pour le trouver détestable.

HARRIET
Il y a peut-être une raison à cela.

EMMA
Il y a une raison à tout, effectivement. Mais vous êtes bien naïve, Harriet, de croire qu'il ait eu une bonne raison à son animosité. Mr Knightley est un paon dont la cour se trouvera restreinte dès qu'un nouveau paon se trouvera dans le coin. Il lui plait de voir toutes les jeunes filles à marier se pavaner devant lui. Ce pourquoi Mr Churchill l'horripile. Venez ! Nous allons chez les Weston de ce pas.
(Emma sort, laissant Harriet abasourdie. Emma revient.)
Qu'attendez-vous, ma chère ?

La lumière s'éteint

Scène 10
Mr Churchill et les échecs
Bates, Knightley, Emma, Harriet, Weston, Churchill

Un beau soleil.
Miss Bates et Mr Knightley jouent aux échecs à table. Miss Woodhouse et Miss Smith jouent aux cartes sur une nappe par terre.

BATES
Quel jeu extrêmement compliqué ! Je n'y entends rien, Mr Knightley. Ne trouvez-vous pas lassant de toujours devoir gagner ?

KNIGHTLEY *(Le ton toujours facétieux.)*
Non, Miss Bates, pas le moins du monde.

BATES
Oh, Mr Knightley, je vous suggère de changer un peu de stratégie en me laissant gagner. À force de me vaincre vous ne tirerez plus le moindre plaisir au jeu, alors que si vous perdiez de temps en temps, cela vous réconforterait bien mieux de gagner.

KNIGHTLEY
Vous croyez, Miss Bates ? *(Il sourit.)* Bien, je vais aller dans votre sens. Prenez ce pion, il vous conduira à exceller à ce jeu d'échecs.

BATES
Vous êtes un vrai gentleman, Mr Knightley. *(Elle se tourne vers les jeunes filles assises.)* N'est-ce pas mes enfants !?

EMMA
A votre place, je me méfierais d'une telle générosité de sa part. Cela ne peut cacher qu'un méfait prochain.

HARRIET
Vous médisez tant de Mr Knightley, Emma, alors qu'il n'est que bonté.

EMMA
Voilà qu'aux yeux de tous, je suis la vilaine sorcière courrouçant le gentil dragonnet.

KNIGHTLEY
Je refuse de prendre part à cette conversation.

EMMA
Avez-vous peur d'être défait par moi ?

KNIGHTLEY
J'ai surtout peur qu'à force de taquineries, nous ne sachions plus nous arrêter et nous faire la tête comme il n'y a pas si longtemps.

BATES
Cessez de tourmenter cette pauvre enfant. Tourmentez-moi, je ne vous ferai jamais la tête, Mr Knightley.

Ils reprennent leurs jeux respectifs.

HARRIET
Savez-vous que Mr Churchill est arrivé hier ?

EMMA
Qui ne serait pas au courant de son arrivée à Highbury ? On a l'impression que c'est le messie en personne qui pointe son nez.

KNIGHTLEY
J'aurais même cru que c'était Dieu en personne, Emma. Le comté est sens dessus dessous. Tout ce remue-ménage pour ce jeune homme, c'est d'un vulgaire.

BATES *(Bates rit.)*
Vous êtes taquin, aujourd'hui.

KNIGHTLEY
Vous croyez ? Non, Miss Bates, je ne suis point d'humeur joviale. Je suis d'une humeur massacrante quand je vois tout un monde parader au pied d'un homme sans scrupule

qui a laissé son père durant un nombre incalculable d'années et qui est reçu en prince. Il recueille les mérites d'un fait d'arme qu'il n'a point accompli. Non, Miss Bates, je ne suis point taquin, juste déprimé par tant de bêtises. Seuls les esprits basiques peuvent trouver du mérite à ce jeune paon.

EMMA
Vous voyez, Harriet, j'avais raison l'autre jour. Deux paons dans un même enclos, ça ne fait nullement bon ménage.

KNIGHTLEY
Emma, de quoi parlez-vous ?

EMMA
Sans importance, et de plus vous n'y entendriez rien.

HARRIET
Pourquoi cela ?... Elle parlait de vous et de Mr Churchill, bien sûr.

EMMA
Harriet, s'il vous plaît, contentez-vous de jouer.

BATES
Moi, je suis extrêmement heureuse de voir Mr Weston recevoir enfin son fils. Savez-vous que Mr Churchill était à Weymouth il n'y a pas deux mois et qu'il y a rencontré ma nièce, Miss Jane Fairfax ?

EMMA *(A Harriet.)*
Encore elle.

KNIGHTLEY
Non, je ne savais point qu'un membre de votre famille était proche des Churchill.

BATES
Proche, je ne saurais le dire. Jane est introduite dans un milieu aisé grâce à son tuteur. C'est une chance pour elle de fréquenter le beau monde. De plus, elle est si charmante et pleine de délicatesse que cela lui assure des amitiés certaines. Oh, savez-vous pour Mr Elton !? Excusez-moi de passer d'une conversation à l'autre sans la moindre transition mais le fait de parler de ma nièce m'a rappelé un détail. J'avais quelque vue sur notre charmant Mr Elton pour Jane.

Mr Knightley lui indique un pion à prendre. Miss Bates jubile.

HARRIET *(Parlant doucement à Emma.)*
Elle n'est pas au courant pour vous et Mr Elton ?

EMMA
Premièrement, il n'y a pas de vous et Mr Elton. Et deuxièmement, croyez-vous vraiment que si elle était au courant, tout Highbury n'en saurait rien ? Je suis restée muette comme une carpe. Il y va de ma réputation.

BATES
Que dites-vous, ma chère ?

EMMA
Que Mr Elton nous manquait grandement. Cela fait bien deux mois qu'il nous a quittés, le pauvre.

BATES
Il revient parmi nous dès la semaine prochaine pour préparer l'installation de sa femme.

EMMA & HARRIET
Sa femme !?

EMMA
Comment est-ce possible ?

BATES
Il était de notoriété publique que Mr Elton désirait prendre épouse.

EMMA *(Parlant au public.)*
Le malotru ! Il disait m'aimer. En réalité, c'était ma fortune qu'il convoitait. Cela fait moins de trois mois qu'il me fit une déclaration passionnée et il convole déjà.

BATES
Qu'en dites-vous, Mr Knightley ?

KNIGHTLEY
Pour une fois qu'il y avait une nouvelle intéressante, je suis le dernier à être au courant. Qu'en dites-vous, Emma ?

EMMA
Point de commentaires, Mr George Knightley.

KNIGHTLEY
Pourquoi ? Est-ce parce que vos prédictions se sont avérées fausses ?

EMMA
Il y a des mois que je le sais, Mr Knightley, que mes prédictions sont fausses. Alors, rangez vos propos sarcastiques et allez jouer les yeux bandés au bord de la falaise.

KNIGHTLEY
Mais, après vous, Emma !

BATES
Je vous le disais que vous étiez un homme des plus taquins ; néanmoins cessez de tourmenter notre pauvre Emma. Allez, jouez ! J'ai hâte de vous ravir votre roi !

Ils se remettent à jouer tandis qu'Emma observe un instant Harriet.

EMMA
Harriet, je suis navrée que cela vous blesse. Je pensais que vous aviez cessé de penser à ce vilain monsieur.

HARRIET
C'est exact. Je le pensais aussi. Mais entendre son nom a tout ravivé. *(Elle sort de sa bourse un morceau de tissu qu'elle*

observe un instant.) **J'avais gardé cette vieille relique en souvenir de Mr Elton.**

EMMA
Qu'est-ce que c'est ?

HARRIET
Un morceau de tissu que Mr Elton a tenu dans sa main tandis que je lui faisais un bandage... Je sais que vous me trouvez un peu trop romantique d'avoir conservé cela, mais il me plaisait de le regarder chaque jour, même après que vous m'ayez avoué son inclination pour vous... Croyez-vous qu'il faille que je le brûle pour l'oublier ?

EMMA
Il est vrai qu'il vaudrait mieux que vous ne conserviez pas cela. Plus encore maintenant que Mr Elton a convolé.

HARRIET
Je le brûlerai dès ce soir, mon amie.

EMMA
Miss Bates, comment s'appelle celle qui a ravi le cœur de notre cher Pasteur ?

BATES
Miss Augusta Hawkins. J'étais certaine que Mr Elton épouserait une jeune fille de chez nous et voilà qu'il convole avec une personne n'habitant même pas dans notre comté.

KNIGHTLEY
J'étais certain qu'il irait trouver une femme ailleurs, étant donné qu'à Highbury il y ait peu de personnes dotées d'une fortune assez conséquente pour le tenter.

BATES
Miss Woodhouse est fortunée !

KNIGHTLEY
C'est un fait. Mais il est bien connu que notre Emma raille le mariage depuis toujours. Je suis d'avis que Mr Elton a dû se casser les dents sur ce roc qu'est Miss Woodhouse.

BATES
Quoi qu'il en soit, j'ai hâte de le voir revenir avec sa charmante épouse. Je me sens excitée à l'idée qu'il y ait une nouvelle personne dans notre village de Highbury. Cela va nous faire plus de personnes à visiter, et que de conversations à venir ! Il me tarde de les voir arriver pour parler de mille choses. Croyez-vous qu'elle vivait à Londres ? *(Mr Knightley veut répondre mais elle poursuit.)* Oui, cela ne peut être autrement ! Elle est surement Londonienne, issue des plus beaux quartiers. Elle sera alors fort instruite. Elle pourra nous narrer des histoires innombrables sur notre capitale. Peut-être qu'elle a été présentée à notre Prince Régent ? Oh, que de bonheur à venir !

KNIGHTLEY
J'en suis fort aise et j'en conviens. Une personne de qualité arrivant à Highbury ne serait pas de trop.

EMMA
Je doute que Mr Elton puisse monnayer un tel privilège.

KNIGHTLEY
Vous doutez donc que Mr Elton ait pu convoler avec une dame de noble condition ?

EMMA
Si c'est le cas, la dame ne possède nullement d'intelligence. Il faudrait avoir un cerveau biscornu pour ne pas s'apercevoir du peu de fortune de notre pasteur favori.

BATES
Peu de fortune, certes, mais il est fort honorable d'épouser un pasteur aussi respecté et issu d'une famille bourgeoise de haute stature. *(Elle se lève toute excitée et se dirige vers Emma.)* Oh ! Savez-vous que ma mère et moi venons de recevoir un courrier nous conviant à un bal donné chez les Cole ? N'est-ce pas magnifique ? Un bal !

EMMA
Chez les Cole ?... Je ne saurais accepter ce genre d'invitation. Si jamais j'en recevais une, je me devrais de la décliner. Les Cole ne sauraient inviter un rang supérieur au leur, ce serait d'un mauvais goût.

KNIGHTLEY
Si vous en receviez une, vous la refuseriez donc ?

EMMA
Sans la moindre équivoque.

KNIGHTLEY
Je n'aurai donc pas le privilège de vous y voir, alors ?

EMMA
Vous y êtes invité ?

KNIGHTLEY
Oui, j'ai reçu l'invitation hier.

EMMA
Hier !? Mais je n'en ai point reçu.

KNIGHTLEY *(Le sourire narquois.)*
Vous disiez que cela vous déplairait d'en recevoir.

EMMA
Je n'ai pas dit que cela me déplairait d'en recevoir une, je vous ai dit que je la déclinerai !

KNIGHTLEY *(Il sourit, fort amusé.)*
Donc, Emma, vous voudriez recevoir une invitation dans le seul but de la refuser ? N'y a-t-il pas là un peu de mesquinerie de votre part ?

EMMA
Mr Knightley, si vous n'avez rien d'intéressant à dire, vous devriez continuer à jouer avec Miss Bates.

BATES
Oh, vous avez raison. J'y vais de ce pas.

Elle court vers la table et s'y asseoit sous l'œil amusé de Mr Knightley.

HARRIET
Moi, aussi j'ai reçu une invitation… *(Emma reste offusquée.)* De plus, très bien écrite. *(Elle s'inquiète de la mine d'Emma.)* Vous êtes souffrante, Emma ?... Etes-vous indisposée ?

EMMA
Pourquoi ne m'ont-ils pas invitée ?

HARRIET
Je ne comprends pas. Voulez-vous ou ne voulez-vous pas être invitée ?

EMMA
Non, je ne désire pas me rendre à ce bal mais j'ose espérer que les Cole m'inviteront, sinon cela signifie qu'ils me dédaignent.

KNIGHTLEY
C'est donc votre privilège de dédaigner les autres, sans qu'ils ne puissent en faire de même à votre égard ?

Mrs Weston et Mr Churchill entrent. Ce dernier affiche un large sourire.

WESTON
Ma chère Emma, je vous amène un merveilleux convive, Mr Churchill. *(Emma et Harriet se lèvent et font une révérence. Mr Churchill les salue de manière courtoise.)* **Franck, je vous présente Miss Emma Woodhouse et sa jeune amie, Miss Harriet Smith.**

Il a un fort accent britannique et des manières dignes d'un bourgeois de haute stature. Il affiche un demi-sourire constant.

CHURCHILL
Voici donc celle dont j'entends les mérites à chaque seconde. Je suis fort honoré de vous rencontrer, Miss Woodhouse.

EMMA
L'honneur est partagé, Mr Churchill. Tant de louanges vous ont été faites que cela risque d'être ardu à un simple mortel de les prouver toutes.

CHURCHILL
J'ose espérer que vous ferez preuve d'indulgence à mon égard si je ne puis être à la hauteur de tant de louanges. *(Il lui fait un baisemain, puis prend la main d'Harriet.)* **Vous êtes donc l'amie la plus proche de Miss Woodhouse ?**

HARRIET
Je ne saurais le dire, Mr Churchill. Mais je puis attester de notre proximité, même si elle n'égalera jamais l'amitié qui lie Miss Woodhouse à votre belle-mère.

CHURCHILL
Certes, mais je suis fort surpris de constater tant de modestie émaner d'une si charmante jeune femme.

Il lui baise la main tandis qu'elle rougit. Miss Bates s'est approchée, toute guillerette en montrant son impatience.

WESTON
Franck, je vous présente notre bien-aimée voisine, Miss Bates.

CHURCHILL *(Il lui baise la main.)*
Miss Bates. Je suis fort honoré de vous rencontrer.

BATES
Je le suis bien d'avantage, Mr Churchill. Il y a si longtemps que nous entendons parler de vos mérites. Votre père, Mr Weston, ne tarit pas d'éloges à votre encontre. *(Weston, Emma et Harriet sont gênés et n'osent l'interrompre. Knightley semble amusé.)* Je ne saurais dire à combien de reprises il cite vos nombreuses qualités à chacune de nos rencontres. Il vous aime bien plus qu'il ne saurait vous le témoigner. Il a été bien souvent navré que vous ne puissiez venir. Il se faisait une fête à chacune de vos missives annonçant votre venue prochaine. Quelle tristesse quand vous décliniez votre venue…

EMMA
…Et voici Mr Knightley, Mr Churchill.

KNIGHTLEY *(Mr Knightley vient au devant de Mr Churchill.)*
Mr Churchill.

Il le salue, non sans réserve. Mr Churchill en fait de même, de façon plus chaleureuse.

CHURCHILL
Mr Knightley… J'ai cru comprendre que vous étiez un ami de longue date de la famille Woodhouse.

KNIGHTLEY
Je le suis effectivement. Mais je suis aussi frère par alliance de Miss Woodhouse. Mon frère John et sa sœur Isabelle sont unis depuis une dizaine d'années.

CHURCHILL
Votre frère vit à Highbury ?

KNIGHTLEY
Non, il préfère de loin les charmes de notre capitale.

CHURCHILL
Non !... Il ne peut préférer une grande ville sans âme à ce charmant petit bourg !? Cela ne se peut !? Une fois qu'on a goûté au charme de Highbury, on ne peut plus s'y soustraire. Je suis arrivé hier et déjà je me sens conquis et la population est exquise. En convenez-vous, ma très chère mère ?

WESTON
Etant donné que je n'ai jamais voyagé, je ne puis faire de comparaison avec un autre endroit, mais je puis attester que notre village est des plus plaisants.

CHURCHILL
Mrs Weston a eu l'amabilité de me faire visiter. Nous nous sommes rendus chez Ford, un commerce fort sympathique d'ailleurs. J'ai pensé acheter quelque chose pour me faire bien voir et me sentir ainsi citoyen de Highbury. C'est fort patriotique, ne le croyez-vous pas, Miss Woodhouse ?

Knightley sourit.

EMMA
En effet, cela vous fera apprécier de la populace, bien qu'elle vous était déjà acquise par filiation. Mais grâce à votre achat, cela vous sera acquis par votre propre mérite.

KNIGHTLEY *(Face public.)*
C'est un cauchemar.

CHURCHILL
Vous en convenez, Mr Knightley ?

KNIGHTLEY
Comment pourrait-il en être autrement ? Vous êtes d'une telle spontanéité dans vos actions.

CHURCHILL
Je le pense aussi. Miss Bates ? Pardonnez-moi de vous solliciter.

BATES
Ne vous en excusez point, Mr Churchill, je vous suis acquise.

KNIGHTLEY
Faites attention à vos propos. Dans un autre contexte, cela pourrait être pris à confusion.

BATES
Petit sacripant ! Je suis bien trop vieille aujourd'hui pour que cela soit dévié de son objectif premier. Vous disiez, Mr Churchill ?

CHURCHILL
J'ai cru comprendre que vous aviez un lien de parenté avec Miss Fairfax.

BATES
C'est exact, nous sommes parentes dans le sens où je suis sa tante. Vous connaissez ma petite Jane selon ses dires.

CHURCHILL
Très peu, très peu. J'ai fait sa connaissance lors d'un séjour à Weymouth. Elle logeait chez les Campbell, je crois.

BATES
Oui, cela est exact ! Comment l'avez-vous perçue ?

CHURCHILL
C'est une personne fort agréable mais quelque peu réservée. Il est bien difficile de cerner cette jeune personne.

EMMA
J'en atteste. Je la connais depuis mon plus jeune âge et je ne saurais dire si je puis parler de ses attraits tant elle est discrète en toute chose.

CHURCHILL
Je pensais que Miss Fairfax avait toujours vécu chez les Campbell.

BATES
Le colonel Campbell, un ami dévoué de la famille Fairfax, a voulu la prendre sous son aile après la mort de son père. Mais notre Jane vient nous voir pendant les vacances, sinon nous n'aurions pu supporter son absence. Puis-je vous convier dans mon humble demeure ? Ma mère serait fort heureuse que vous lui parliez de sa petite fille.

Mr Knightley jette un regard amusé à Emma.

CHURCHILL
J'en serais fort honoré.

KNIGHTLEY
Mrs Weston, avez-vous reçu une invitation émanant des Cole ?

WESTON
Effectivement, nous sommes invités à son bal la semaine prochaine.

BATES
Mr Churchill, serez-vous encore parmi nous ?

CHURCHILL
Je ne raterais ce bal pour rien au monde. Ainsi je pourrai y voir tout le comté.

BATES
Oh, comme il me tarde d'y être !

KNIGHTLEY
Vous semblez dubitative, Emma.

CHURCHILL
Et pourquoi cela ?

KNIGHTLEY
Emma est la seule personne dans tout Highbury à ne pas trouver grâce auprès des Cole.

CHURCHILL *(Le ton exagérément outrancier.)*
Comment cela est-il possible !? Vous semblez posséder tant de bienfaits !

KNIGHTLEY
Les Cole ont été fort judicieux de devancer la réponse négative que Miss Woodhouse leur aurait faite s'ils avaient eu le malheur de la convier à leur bal.

EMMA *(Elle fait une grimace à Knightley avant de s'adresser à Mr Churchill.)*
Mr Churchill, vous qui possédez toutes les grâces qui font défaut à Mr Knightley, parlez-moi de votre vie à Londres.

La lumière s'éteint

Scène 11
L'invitation chez les Coles
Knightley, Emma, Harriet, Churchill, Elton,
Weston, Mrs Elton

Lumière d'une fin de matinée.
Emma brode dans le jardin. Knightley entre et lui sourit chaleureusement. Emma lui jette un regard boudeur.

KNIGHTLEY
Bonjour, Emma.

EMMA *(Ton sec.)*
Bonjour.

KNIGHTLEY
Oh ! Comme vous voilà d'une humeur joviale en ce matin si splendide.

EMMA
Je ne suis point d'humeur à des bavardages futiles.

KNIGHTLEY *(Il s'assoit avec un sourire moqueur.)*
Cette humeur, la tenez-vous d'une invitation qui se serait… Disons… égarée ?

EMMA
Une invitation ?... Je ne vois vraiment pas de quoi vous pouvez parler.

Il tend un courrier avec un sourire satisfait. Emma, après une brève surprise, le lui arrache toute en joie.

EMMA
Est-ce possible !? *(Elle l'ouvre.)*... C'est les Cole, je suis invitée !

KNIGHTLEY
Non !?... Vraiment j'étais loin de me douter que cette lettre vous apporterait autant de joie, compte tenu que vous ne vouliez surtout pas être invitée dans une moindre bourgeoisie.

EMMA
Cessez les taquineries, Mr Knightley, rien ne pourra me toucher maintenant... Mr Cole nous explique pourquoi son invitation a tardé. Il voulait nous recevoir dans les meilleures conditions. Il attendait la venue d'un nouveau sofa commandé expressément pour que mon cher père soit installé le plus confortablement possible.

KNIGHTLEY
Que de gentillesse pour des gens si peu fortunés, ma chère Emma. Vous devez vous sentir honteuse d'avoir médit d'eux ?... *(Emma le regarde tristement.)* **Plus de**

commentaires sur ce sujet. Je vous le concède, si vous me promettez d'être plus encline à la générosité à l'avenir.

EMMA *(Elle s'assoit.)*
Je fais une bien mauvaise chrétienne.

KNIGHTLEY
L'âge vous apprendra à l'être d'avantage… Vous êtes parfois imbue de votre personne parce qu'on n'a pas assez corrigé votre caractère. Vous vous donnez bien souvent aux pauvres, bien plus que je ne l'ai jamais fait. Mais on vous a appris que le milieu de chacun était prédéterminé à la naissance et que l'un ne pouvait s'unir à l'autre.

EMMA
Vous savez me comprendre mieux que n'importe qui, Mr Knightley. Vous êtes un ami comme il en existe peu en ce monde.

KNIGHTLEY
En parlant d'ami, sachez que Mr Elton est de retour. Il accueillera volontiers votre confession concernant les Cole.

EMMA
Me confesser à Mr Elton, jamais !

KNIGHTLEY
Alors, peut-être à sa charmante épouse. J'ai cru comprendre qu'elle vous est égale en rang social. *(Emma s'était détournée de lui. Il s'en inquiète.)* Emma ?... Que se passe-t-il ?

EMMA
Rien.

KNIGHTLEY
Emma.

EMMA
Bon, d'accord ! Je vais vous induire sur cette affaire avec promptitude et sans trop m'étaler. Il y a de cela trois mois, Mr Elton m'a demandé en mariage, ici même, dans ce jardin.

KNIGHTLEY
Il vous a fait la cour ?

EMMA
Non ! Il m'a carrément couru après et presque failli m'embrasser tant il était assuré de mon attachement ! Il a débité ânerie sur ânerie. *(Il rit.)*… Voilà que vous vous moquez de moi ! Sachez qu'il s'est montré outrageant. J'en ai été fort offensée. Même les fleurs de ce jardin ont fait pâle figure pendant des semaines à la vue d'une telle scène.

KNIGHTLEY
Avouez que vous l'aviez bien cherché… *(Il rit de plus belle, sous l'œil désabusé d'Emma. Puis il cesse et prend un air grave.)* C'est Harriet qu'il faudrait plaindre et non vous… Vous disiez que je finirais par apprécier cette jeune fille si je voulais bien la connaître. Et c'est effectivement vrai. Miss Smith est une jeune fille pleine de modestie. Il est clair que

son peu de fortune a eu raison de ses espoirs en Mr Elton, que vous aviez si gentiment mis dans sa tête. La seule chose que je pourrais reprocher à Harriet Smith, c'est sa trop grande crédulité.

On entend du bruit. Harriet et Churchill entrent en trombe. Elle est complètement essoufflée.

HARRIET
Miss Woodhouse !

EMMA
Harriet, que vous arrive-t-il ?

CHURCHILL
Laissez-moi vous faire part de la terrible aventure que nous avons vécue à l'instant. *(Knightley fait une grimace tout en restant à l'écart.)* J'étais tranquillement en train de faire une charmante promenade quand je vis notre chère Miss Smith aux prises avec un dangereux vagabond qui essayait de lui soutirer sa bourse. Sans réfléchir, je me suis élancé à vive allure et, à l'instant où je n'étais qu'à quelques centimètres d'eux, je sautai promptement de ma monture et intimai l'ordre au malfrat de partir en brandissant mon fouet. Il eut peur et détala immédiatement. Je tendis la main à Miss Smith pour l'aider à se relever et nous voilà.

HARRIET
Mr Churchill a fait preuve de bravoure, car mon agresseur avait vraiment une mine patibulaire. Je vous serais éternellement reconnaissante de m'avoir secourue.

Emma affiche une mine satisfaite.

CHURCHILL
Cela me paraît tout à fait normal. N'importe quel gentleman aurait fait cela à ma place. Je dis toujours qu'une jeune fille ne devrait pas se promener sans chaperon. Prenez une leçon, Miss Woodhouse, il est peu probable que ce vagabond recommence à faire des siennes dans ce comté mais nous ne sommes jamais à l'abri d'un nouveau venu. Je sais que vous vous aventurez souvent seule sur les chemins de Highbury pour offrir vos services à la populace, ce qui peut être très dangereux.

EMMA
Ne vous inquiétez pas pour moi, Mr Churchill, j'ai toujours su me débrouiller et il est très rare que je m'aventure seule en dehors de Hartfield, mon père en serait fort inquiet.

CHURCHILL
Je n'en doute pas. Vous êtes sa perle. Une perle si précieuse qu'un homme aura bien du mal à vous ravir à lui. *(Il lui fait un baise main.)*

KNIGHTLEY *(Il s'approche, manifestant sa présence pour soustraire Emma à l'étreinte de Churchill.)*
Miss Smith, Mr Churchill.

HARRIET
Mr Knightley.

CHURCHILL
Oh, pardonnez-moi, je manque à toute bienséance. Dans la précipitation j'avais omis de vous saluer. Comment vous portez-vous Mr Knightley ?

KNIGHTLEY
Très bien. J'ai cru comprendre que vous aviez regagné Londres il y a trois jours pour une frivolité.

CHURCHILL
Une frivolité !? Non, il n'en est rien ! Il me fallait expressément de nouvelles chaussures. J'avoue que j'ai été bien souvent gâté et que je ne saurais acheter des chaussures en dehors de mon quartier londonien préféré. Mais comme vous le voyez, je suis de retour comme je l'avais promis à mon père, qui s'inquiétait grandement de ne pas me voir revenir. C'était sans compter mon soudain attachement à votre charmant village. Je me demande dès à présent comment j'ai pu en être si longtemps éloigné.

KNIGHTLEY
Vous vous en seriez aperçu plus tôt si vous aviez consenti à rendre visite à votre père.

CHURCHILL
J'ai le sentiment que vous ne m'aimez guère.

KNIGHTLEY
Balivernes, Mr Churchill, je vous ai en grande affection.

CHURCHILL
Si cela est une preuve d'affection de votre part, je ne puis qu'avoir de la peine pour vos ennemis. Vos inimitiés doivent être des plus acerbes.

KNIGHTLEY
Ennemi ? Je puis vous assurer que je n'ai, à ma connaissance, aucun homme digne de porter ce titre.

Ils se saluent.

CHURCHILL
Je suis passé ce matin chez les Bates. Il y avait de telles exclamations dans leur demeure qu'on pouvait les entendre jusqu'au presbytère… Emma, Harriet, je vois que vous avez hâte de me demander pourquoi.

HARRIET
Vous connaissez notre trop grande curiosité.

CHURCHILL
Et en cela je m'accorde avec vous. Car je n'ai aucune honte à faire l'éloge de la curiosité même si cela est décrié par beaucoup. J'estime que la curiosité nous maintient en alerte et rend nos vies bien plus intéressantes.

HARRIET
Mr Churchill, dites-nous ce que vous avez vu chez les Bates ! Je n'y étais pas ce matin. J'ai dû me rendre chez les Cole aider pour le bal.

CHURCHILL *(Il prend Harriet par les mains et la fait tournoyer.)*
Un piano a été livré ce matin même chez les Bates à l'attention de Miss Jane Fairfax. Aucune missive n'accompagnait cet envoi. *(Il s'arrête de tournoyer pour mieux regarder son auditoire.)* Pas un mot, pas une syllabe, rien pour nous induire sur la provenance de cet objet précieux. Un piano d'une rare splendeur qui eut du mal à entrer dans la pièce exigüe des Bates. *(Il semble heureux et fier de constater combien ses amis boivent ses paroles.)* Miss Fairfax serait donc affublée d'un prétendant dont les Bates semblent ignorer le nom. Un prétendant des plus fortunés, compte tenu du cadeau peu commun qu'il lui a fait. Nul homme n'offrirait un présent aussi onéreux sans avoir une idée d'alliance, ne le croyez-vous pas mes amis ?

HARRIET
Jane aurait un prétendant ! Il se peut même qu'elle se soit fiancée en secret. *(Elle jubile.)* Comme c'est romanesque !

CHURCHILL
N'allons pas trop loin dans nos suppositions, de là à croire que Miss Jane Fairfax se soit fiancée sans avoir le consentement de ses parentes serait un manque de correction de sa part. Mr Knightley, vous gardez le silence ? Mais peut-être est-ce vous son fameux bienfaiteur ?

KNIGHTLEY
Oh, non, croyez-moi, je n'aurais jamais eu l'audace de prétendre à cette jeune fille sans en avoir fait ma demande en bonne et due forme à notre bonne Miss Bates.

Mr Elton entre accompagné de Mrs Weston. La pauvre Harriet affiche une mine déconfite. Mr Elton s'approche en regardant le moins possible les deux jeunes filles.

ELTON
Que de monde, sans conteste, le meilleur de tout Highbury !

Les femmes font la révérence tandis que les hommes le saluent en inclinant la tête.

KNIGHTLEY
Nous pouvons dire sans prétention, la meilleure fortune de tout Highbury. *(En aparté à Emma.)* **N'est-ce pas à cette fin qu'il nous visite ?**

ELTON *(Gêné.)*
Oui… Effectivement… Je tenais à vous inviter au presbytère pour vous faire l'honneur de vous présenter mon épouse, Mrs Augusta Elton.

CHURCHILL
Je serai heureux d'honorer votre invitation et de l'accueillir à Highbury, Mr Elton. Ainsi je ne serai plus le petit nouveau et les gens cesseront de me considérer comme tel.

ELTON
Mr Churchill ? De la famille Churchill de Londres ?

CHURCHILL
Celle-là même. Je ne crois pas avoir eu le plaisir de vous avoir été présenté ou alors ma mémoire me jouerait-elle des tours ?

ELTON
Pas le moins du monde, Mr Churchill. Nous n'avons jamais été présentés. Mais les Churchill sont connus de toute la bonne société. Ne pas avoir entendu votre nom serait un affront. De plus, votre père m'a parlé maintes fois de vous et de sa déception quand vous n'honoriez pas ses multiples invitations.

CHURCHILL *(Sourire contrit.)*
Vous savez aisément trouver les mots pour nouer des liens. J'ai aussi entendu parler de vous et de votre mariage avec un parti fort avantageux. La famille Hawkins est introduite depuis fort longtemps dans la haute société.

ELTON
Je peux le dire sans la moindre prétention, ma belle-famille est très appréciée. Ils sont accueillis à la cour chaque année. Comme Highbury va lui paraître insipide comparé à tout le faste qu'elle a connu. Mais nulle ne saurait la plaindre. Elle sait que je suis le meilleur des maris, qui fut un temps convoité par tant de jeunes filles. *(Il jette un bref regard à Harriet.)* Augusta est donc la femme la plus chanceuse qui soit.

EMMA
Vous croyez ?

Tous regardent Emma surpris. Mr Elton reprend aussitôt pour garder une contenance.

ELTON
Il est clair qu'en arrivant ici, elle pensait ne rencontrer que de pauvres paysans ne sachant nullement aligner deux phrases cohérentes. Ma tendre Augusta pensait que, dans ce genre de petit village, nous ne pouvions trouver que des gens incultes et sans grâce.

EMMA
Mince, quelle déception elle a eue en s'apercevant que la culture générale et l'intelligence étaient en moyenne bien supérieures à la vôtre. Et je dis cela sans penser vous froisser. Je m'en voudrais si vous perceviez dans mes propos la moindre offense.

ELTON *(Il reste un instant sans savoir quoi dire puis reprend son air suffisant.)*
Nous avons rendu visite ce matin aux Bates, sans équivoque la famille la plus sympathique d'Highbury. Elles savent recevoir leurs hôtes avec diligence, contrairement à certains. Miss Fairfax étant revenue, Augusta pourra s'en faire une grande amie.

EMMA
Jane Fairfax est une jeune fille pleine de réserve. Mrs Elton pourra sûrement la plier à ses moindres caprices.

WESTON *(Elle réprimande gentiment Emma du regard.)*
Bien ! Et si nous allions au salon prendre notre déjeuner. Votre père nous y attend, Emma.

CHURCHILL
D'autant que le temps s'est rafraîchi, ce qui confirme la venue de l'automne.

Emma sort en prenant affectueusement la main d'Harriet. Une gêne englobe tout le monde.

La lumière s'éteint.

Scène 12
Churchill embrouille Emma
Churchill, Emma, Knightley, Weston

Lumière d'une fin de matinée.
Mr Churchill fait les cents pas. Il semble anxieux. Emma entre dans le jardin et se dirige vers lui.

CHURCHILL
Bonjour, Emma.

EMMA
Mr Churchill ! Je suis navrée, je ne savais pas que vous me rendriez visite ce matin.

CHURCHILL
Ne vous en excusez point, Emma. C'est moi qui suis fautif. J'aurais dû me faire annoncer. Je suis impardonnable !

EMMA
Il n'y a rien à pardonner, Mr Churchill. Vous êtes le beau-fils de Mrs Weston, et de plus nous sommes amis maintenant. Vous êtes donc le bienvenu ici.

CHURCHILL
Votre sollicitude me touche, Emma. D'autant plus que je suis amené à vous quitter et qu'en cela j'éprouve une peine extrême.

EMMA
Déjà ? *(Il se détourne, tristement.)* **Votre tante vous rappelle à elle ?**

CHURCHILL
Elle est fort malade… Je dois la conduire à Richmond où se trouve un médecin spécialiste. Elle va s'y installer, ce qui fait que je serai bien plus proche de Highbury. Je pourrai y venir plus souvent… Vous connaissez Richmond ?

EMMA
Non.

CHURCHILL
Je vous ferai visiter si vous le désirez.

EMMA *(Elle s'assoit.)*
Je ne peux m'éloigner de Hartfield étant donné la santé précaire de mon père.

CHURCHILL
Oh, excusez-moi, je suis impardonnable de ne pas y avoir pensé.

EMMA
Vous devez avoir beaucoup de monde à voir avant de vous rendre à Londres ?

CHURCHILL
J'ai vu tous les gens qui m'ont reçu avec diligence. Je reviens de chez les Bates. Miss Bates était sortie, malheureusement. Je l'ai attendu un moment en compagnie de Miss Fairfax, qui était peu bavarde et toujours aussi taciturne. Je me suis fait un devoir de me retirer au plus vite. C'était une situation quelque peu embarrassante.

EMMA
Miss Fairfax a toujours eu bien du mal à s'exprimer. Vous avez pu le constater durant le bal des Cole.

CHURCHILL
Effectivement, je ne l'ai pas vu faire un demi-sourire une seule fois durant toute la soirée. Je plains l'homme qui fera de Miss Jane Fairfax son épouse. Les Bates étaient heureuses que les Campbell leur permettent de leur rendre visite. Savez-vous que Miss Fairfax a failli trépasser il n'y a pas si longtemps ?

EMMA
Trépasser ? Comment cela ?

CHURCHILL
La famille Campbell avait été invitée par Mr Dixon, le mari de leur fille, en pleine mer, quand soudain un vent violent s'abattit sur le magnifique voilier. Jane serait sans aucun

doute passée par-dessus bord sans l'aide héroïque de Mr Dixon qui la retint.

EMMA
Mr Dixon semble tout de bravoure.

CHURCHILL
Soit, mais certains disent que Mr Dixon aurait été amoureux de Miss Fairfax, mais épousa un rang plus proche du sien en lui préférant Miss Campbell.

EMMA
Pauvre Miss Fairfax. Si j'avais été un homme, je doute que je l'aurais épousée. Et cela n'a rien à voir avec sa pauvreté, mais plutôt avec son caractère bien trop réservé.

CHURCHILL
Sa réserve à outrance me donnerait envie de me détourner de sa personne. Vous êtes bien au-dessus de cela ma chère Emma. Votre conversation est pleine d'entrain et votre regard des plus explicites. On est, dans la minute où on vous rencontre, immédiatement en confiance, et votre intelligence motive à l'échange.

EMMA
Vous me flattez, Mr Churchill.

CHURCHILL *(Il s'agenouille à ses côtés. Emma tressaille en se remémorant la demande de Mr Elton.)* **Sachez que toutes ces flatteries sont sincères à votre égard. Mon départ me rend déjà bien amer. Je me suis attaché à ce village et à**

travers lui c'est à vous qu'est ma plus profonde attache. Je voudrais vous dire tant de chose mais la bienséance me clame de taire tous les mots qui voudraient s'échapper de mon cœur. Il est des choses qui se veulent inénarrables mais je me dois de vous induire car je sens que vous êtes apte à écouter ce qui me ronge.

Mr Knightley et Mrs Weston entrent en riant. Churchill se lève immédiatement.

EMMA
Mr Knightley, Mrs Weston !

KNIGHTLEY
Emma, sachez que votre ex-gouvernante me taquine avec ferveur. Elle n'a de cesse de me faire dire ce que je n'ai pas dit.

WESTON
Maintenant c'est vous qui êtes un turlupin, Mr George Knightley.

CHURCHILL
Je n'ose croire qu'on puisse vous embêter ainsi, ma chère mère.

WESTON
Je suis victime de ses méfaits. Sachez que j'observais hier Mr Knightley au bal, où il eut l'extrême obligeance de proposer le prêt de sa calèche aux Bates.

CHURCHILL
Ce qui honore notre ami.

WESTON
S'il avait fait cette offre sans intéressement cela l'aurait honoré. Toutefois il n'en est rien puisque je suspecte Mr Knightley d'avoir des vues sur notre belle Miss Fairfax.

CHURCHILL
Est-ce possible !?

KNIGHTLEY
Bien sûr que non ! Mrs Weston a des idées saugrenues ces derniers temps. Telle notre Miss Woodhouse, elle désire embrasser le métier d'entremetteuse. Mais n'en possédant point le flair, elle risque de faire faillite très vite.

CHURCHILL
Bien, je ne voudrais pas interrompre vos railleries mais je dois vous quitter de ce pas. *(Il baise la main de Mrs Weston et salut Mr Knightley. Puis il se tourne vers Emma, qui le regarde très étonnée, et incline la tête en guise de salutation.)* **Miss Woodhouse, au plaisir de vous revoir au plus vite.**

EMMA
Faites bon voyage, Mr Churchill.

Il sort sous l'œil examinateur d'Emma. Puis elle s'interroge sur les propos de Mr Churchill en se dirigeant vers l'avant-scène.

Mr Knightley voit que Mrs Weston le regarde avec malice, gêné il va s'assoir. Elle s'empresse de le rejoindre et s'assoit à ses côtés en le regardant avec insistance.

EMMA Voix Off
Franck allait sûrement me déclarer son amour. Le ton de la conversation semblait des plus solennels. Il est certain que je n'en ressens ni joie, ni embarras… Est-ce cela l'amour ? En suis-je amoureuse ?... J'analyserai le degré de mon attachement durant son absence… Oui, c'est cela, un amour sans fondation solide s'en trouvera entaché de par l'éloignement. En revanche, si cette inclination est sincère, l'absence sera un bienfait car il accentuera cet amour.

Elle se décide à les rejoindre. Mr Knightley commence à se sentir gêné face au regard des deux femmes.

KNIGHTLEY
Le climat se fait de plus en plus chaud. Vous permettez que je me mette à l'aise ? *(Les deux femmes se regardent avant d'acquiescer. Il retire sa veste.)* **Voilà, je respire mieux.**

WESTON
Parlons de la dame qui occupe vos pensées.

KNIGHTLEY
La dame qui… Quelle idée insensée avez-vous là Mrs Weston ! Moi, amoureux de Miss Fairfax ? Ridicule ! Ne peut-on de nos jours rendre service à d'honnêtes gens sans être suspecté de quelques intentions obscures ?

WESTON *(Elle poursuit sur un ton taquin qui déplait à Mr Knightley.)*
Vous vous méprenez Mr Knightley, je ne vous juge pas le moins du monde vil. Il est naturel pour un homme dans votre position d'être attiré par une jeune femme aussi accomplie que cette demoiselle. Vous avez toujours beaucoup de tact et de gentillesse pour les Bates, il est donc naturel de tendre vers l'hypothèse que vous ayez des vues sur Jane Fairfax.

KNIGHTLEY
Alors sachez qu'il n'en est rien. J'ai toujours trouvé cette jeune femme peu loquace. Je ne pourrais jamais m'accommoder d'une femme sans idée. Je finirais par m'ennuyer à force de n'entendre que l'écho de mes paroles se répercuter sur les murs de ma demeure. Non, décidément, vous n'êtes pas une bonne entremetteuse, Mrs Weston. Vous n'arrivez point à évaluer les désirs des gens.

EMMA
Vous voyez, Mrs Weston, Mr Knightley n'a point de vue sur Jane Fairfax, autrement j'aurai été extrêmement navrée de vous perdre à son profit, car si vous vous marriez nous ne pourrions plus avoir nos conversations houleuses et vous ne pourriez plus vous asseoir si librement à nos côtés.

KNIGHTLEY
Je vous remercie vivement pour ces belles paroles, Emma.

EMMA
C'est moi qui devrais vous remercier pour avoir sauvé notre Harriet des griffes acerbes de Mr Elton. Je n'ose repenser au bal des Cole sans rougir du peu de tact de ce monsieur.

WESTON
Je n'aurais jamais proposé à Mr Elton d'inviter Miss Smith à danser si j'avais su ô combien il lui tenait rigueur. Avez-vous déjà vu homme plus rancunier ?

KNIGHTLEY
C'est Emma qu'il voulait atteindre en déclinant cette danse. Il voulait faire de la peine à ces deux jeunes filles. J'ai entendu Mr Elton refuser à la face de Miss Smith de danser, alors qu'il vous avait proposé cette danse quelques secondes auparavant. Le dédain qu'il a affiché en regardant notre sympathique Harriet suffisait à comprendre combien il en voulait encore à Emma de s'être refusée à lui.

EMMA
En une semaine Harriet s'est vu sauvée par deux fois : Mr Churchill des griffes d'un vagabond et vous de celles de Mr Elton. J'ai aimé vous voir vous élancer au secours d'Harriet et la soustraire à l'embarras en l'invitant à danser toute la soirée sous le regard déçu de Mrs et Mr Elton. Je le déteste d'avoir été si cavalier envers notre belle Harriet. A la minute où j'ai vu la honte d'Harriet s'effacer au profit d'un sourire je me suis senti extrêmement heureuse. En cela je vous remercie avec ferveur de tant de bonté de votre part, mon ami.

KNIGHTLEY
Je n'ai pas agi avec bonté mais avec intégrité. Je ne supporte point l'injustice et Mr Elton nous a prouvé qu'il ne possédait nullement une âme compatissante pour agir de la sorte. Finalement, il mérite grandement la femme qu'il a épousée. Ils possèdent tous les deux un esprit dénué d'empathie ou de compassion. Mr Elton a fait un choix peu judicieux en préférant Augusta Hawkins à notre Harriet, car il est vrai qu'elle est adorable.
Un silence se fait. Weston regarde toujours Knightley avec malice. Emma est étonnée de l'insistance du regard de Weston. Knightley finit par être trop gêné pour demeurer en ce lieu. Il se lève tandis qu'Harriet entre et reste à le regarder tout sourire.

KNIGHTLEY
Je vous laisse à vos suppositions. *(Il se tourne et se retrouve nez à nez avec Harriet qui le regarde avec passion.)* **Oh, Miss Smith.**

Ils se saluent sous l'œil observateur de Mrs Weston et Emma.

EMMA
Mrs Weston, cessez de croire en cela, puisqu'il affirme ne pas l'être.

WESTON
Il semble si désireux de se convaincre de ne point être épris de Miss Fairfax qu'il l'est assurément. *(Emma affiche une mine insatisfaite.)* **Mr Knightley, me raccompagnez-vous ?**

KNIGHTLEY
Si vous me promettez de ne plus étaler cette affaire.

WESTON
Je vous le promets. Emma… *(Elle l'embrasse et embrasse Harriet.)* Harriet, je vous laisse avec votre amie. Je suis sûre que vous avez beaucoup de secrets à vous échanger.

HARRIET
Bonne fin d'après-midi, Mrs Weston. Au plaisir de vous revoir très vite, Mr Knightley.

Il la salue et sort accompagné de Mrs Weston. Harriet reste un instant rêveuse. Emma semble surprise.

EMMA
Vous semblez toute chose, Harriet. Que vous arrive-t-il ?

HARRIET *(Elle s'assoit sur la couverture, Emma en fait de même. Elle affiche un sourire béat.)*
Je suis amoureuse… *(Emma la regarde très surprise.)* N'est-ce pas étonnant ?

EMMA
Je n'irais pas dire « étonnant » mais c'est assurément une bonne nouvelle puisque Mr Elton a enfin quitté votre esprit. Dites-moi de qui il peut s'agir, bien que je pense deviner l'objet de votre inclination. D'ailleurs ne prononcez pas de nom. Je me suis bien trop entremise dans vos histoires de cœur, jadis. Je ne suis donc pas la meilleure conseillère. Je

ne compte plus m'immiscer dans votre affection. Je ne serai que votre amie qui écoutera sans sourciller.

HARRIET
Sachez que cela est arrivé quand ce monsieur a accouru pour me sauver. Sa main a été si vive à me soustraire à l'embarras que je ne pourrais jamais l'oublier. Tant de délicatesse ne saurait rester sans récompense. Vous croyez que j'ai fait un bon choix ?

EMMA
Oui, j'en suis certaine.

HARRIET
On dit qu'il serait épris d'une autre. Je n'ose prononcer son nom en votre présence.

EMMA
Je sais de qui il s'agit et je comprends votre réticence à m'en faire part. Sachez que je ne pense pas que cette jeune fille en soit éprise. Vous pouvez donc rêver sans entrave.

HARRIET
Oh, merci de me rassurer, Emma.

Elle lui baise la main.

La lumière s'éteint

EMMA Voix Off
Ah, Mr Churchill, je suis assurée aujourd'hui de ne point vous êtes attachée, car j'ai reçu l'amour d'Harriet à votre égard sans la moindre peine. Et puis, peut-être m'étais-je trompée sur vos intentions. En attendant, je me languis de vous revoir pour que vous puissiez me faire part de vos attentes.

Scène 13
Le pique-nique de tous les dangers
Mrs Elton, Elton, Emma, Bates, Churchill,
Knightley, Harriet, Weston

Un pique-nique sous un grand soleil.
Mr Churchill, Emma, Miss Bates, Mr Knightley et Mr Elton sont assis sur une immense nappe. Mrs Weston et Harriet sont en train de préparer le thé sur la table du fond.

Mr Elton s'adresse à Knightley tout en engloutissant des gâteaux que Miss Bates aimerait bien lui ravir.

ELTON Augusta est des plus douées pour la musique. Mon épouse aurait pu en attester si elle n'avait pas été rappelée à Bath par son père qui y jouit d'une cure. En cela, elle n'a rien à envier à Miss Fairfax qui maitrise les gammes autant que je maitrise mon prêche. On ne pourrait pas en dire autant de Miss Smith. Sa musicalité laisse à désirer. Il n'y a rien d'accompli chez cette jeune fille et mon épouse en atteste.

BATES
J'ajouterais que…

Elton l'interrompt, ce qui met Hetti Bates mal à l'aise, n'arrivant toujours pas à prendre un gâteau.

ELTON
Ses connaissances, quel que soit le domaine, vous font froid dans le dos. Est-il possible que vous ayez laissé une telle jeune fille se rapprocher de notre Miss Woodhouse ? Et ses parents, qui sait d'où ils viennent ? Je vous croyais beaucoup plus sélective dans vos connaissances, Miss Woodhouse. J'ai du mal à comprendre le pourquoi de votre amitié.

BATES
Il est vrai que si…

ELTON
Heureusement que mon Augusta est parmi vous maintenant, elle va pouvoir sélectionner la meilleure engeance de Highbury. Mrs Elton saura mieux que quiconque choisir vos fréquentations car elle possède un esprit vif et méticuleux.

Hetti Bates prend l'assiette de victuailles à l'instant où Mr Elton s'apprête à se resservir. Elle se rassasie sous le regard désobligeant de Mr Elton.

EMMA
Mr Elton, vous pouvez donc attester de l'esprit pointilleux de votre chère épouse ?

ELTON
Je suis en accord avec ma tendre Augusta, Miss Woodhouse.

EMMA
Miss Woodhouse ? A notre dernière conversation vous aviez pris le parti de me nommer Emma sans que je vous en donne l'accord.

ELTON
J'étais un autre homme, alors. Dorénavant, je suis un vieux mari qui n'aspire qu'à combler ma chère Augusta.

Mrs Weston et Harriet posent le plateau et s'assoient.

EMMA
Je dirai plutôt que c'est elle qui vous a comblé d'une dot assez copieuse. C'est en cela que vous êtes comblé dans le mariage.

ELTON
Je pense que la conversation devient malsaine.

EMMA
Pas plus que celle que vous teniez.

BATES
Oh, que vos conversations m'amusent ! Vous êtes si loquaces, mes chers. Vous parlez tant que je ne puis en placer une !

EMMA
Pour une fois, Miss Bates, si vous ne pouvez en placer qu'une cela sera des plus accommodants pour tous !

Tous restent choqués, sauf Elton et Churchill qui trouvent cela amusant.

WESTON
Emma !

Miss Bates baisse la tête, gênée, elle n'ose plus regarder personne. Emma commence à réaliser qu'elle a fait une grosse bêtise. Mr Elton et Mr Churchill comprennent qu'ils ne peuvent plus s'en amuser.

BATE
Je comprends… Je dois être bien ennuyeuse parfois… Bien souvent même… Je parle beaucoup trop… Je vous incommode certainement.

ELTON
Bien ! *(Il se lève.)* Ce fut un pique-nique très enrichissant. Ce village est empli de contrastes. Mes amis, je vous salue.

Il sort, tandis que tous sont gênés. Knightley regarde Emma avec dureté et déception.

CHURCHILL
Nous devrions y aller, Mrs Weston. Miss Bates, pouvons-nous vous raccompagner ?

BATES
C'est fort aimable de votre part, mon bon Mr Churchill.

CHURCHILL
Je suis votre obligé, ma chère Miss Bates.

Il lui tend la main galamment pour l'aider à se relever sous l'œil chargé d'incompréhension d'Emma.
Weston jette un regard à Knightley, qui fait un signe respectueux de la tête avant de se lever.

CHURCHILL
Bonne fin de journée.

Ils sortent sous l'œil désespéré d'Harriet qui n'ose les regarder et continue à s'empiffrer. Emma reste assise.

KNIGHTLEY
Miss Smith, puis-je vous demander de me laisser seul quelques instants avec Miss Woodhouse ?

HARRIET *(Elle se lève tout en prenant soin de prendre une part de gâteau.)*
Bien sûr, Mr Knightley. Je vais rejoindre Miss Bates, peut-être aura-t-elle besoin de moi. Je reviens, Emma.
Emma garde la tête baissée. Harriet, mal à l'aise, sort. Knightley la regarde avec un mélange de peine et de colère. Harriet réapparait sous l'arcade de fleurs et assiste à la conversation discrètement.

KNIGHTLEY
Emma, comment avez-vous pu la railler de la sorte ?

EMMA
Je n'ai rien fait de mal !

KNIGHTLEY
Vous croyez ?... Je pense que vous n'avez rien à envier à la vilenie des Elton.

EMMA
Là, vous vous égarez, Mr Knightley.

KNIGHTLEY
Oh non, malheureusement, Emma, vous les valez et cela dans bien des domaines.

EMMA
Vous devenez insultant !

KNIGHTLEY
C'est vous qui avez été insultante envers une femme de qualité.

EMMA
Je n'ai fait que dire ce que bons nombres pensent tout bas. C'est une femme gentille, malgré cela vous pouvez constater à quel point chez elle la bonté s'accorde avec la bêtise.

KNIGHTLEY
Quoi que vous ayez à lui reprocher, vous n'aviez aucun droit de la railler devant un public qui reproduira votre conduite ! Des gens qui iront rapporter à qui veut l'entendre de tels propos. *(Emma est très malheureuse et, au fil de la conversation, pleure tandis qu'il souffre de prononcer de telles phrases.)* **Votre réputation de vipère ne sera plus à faire et celle de Miss Bates s'en trouvera entachée par votre conduite digne d'un enfant inculte ! Il y a peu de femmes dans Highbury qui ne vous ait autant chérie que Miss Bates. Quel que soit son rang, elle vous a toujours reçue comme une princesse. Vous gardant toujours ses meilleurs mets malgré son peu d'argent. Elle est dénuée de fortune et devient chaque jour plus pauvre qu'à sa naissance. En cela, vous lui devez le respect, dû à son âge, mais surtout parce qu'elle vous est inférieure de par son rang social. Vous pouvez railler votre égal, Emma, mais nullement une femme dans sa position. Vous savez les retombées que cela aura… Je vous ai connue plus noble de cœur, Emma… C'est pour moi très pénible de vous dire cela, et j'espère que vous reconnaîtrez là la marque d'un ami qui ne veut que votre bien.**

Il sort sans la regarder. Emma pleure en silence. Harriet entre en regardant Knightley s'éloigner. Elle s'approche d'Emma lentement, puis s'assoit à ses côtés.

EMMA *(Elle s'effondre dans ses bras. Elle pleure un instant.)* **Oh Harriet.**

HARRIET
Je n'avais jamais entendu Mr Knightley si emporté dans ses propos. J'espère qu'il n'aura jamais de telles colères à mon encontre.

EMMA
Vous n'avez point à craindre cela. Vous n'êtes pas assez proche de lui pour qu'il se le permette.

HARRIET
Pas assez proche ? Je pense que si je devenais sa femme, je le serais assez pour qu'il se le permette.

Emma la regarde très surprise.

EMMA
Comment cela, sa femme ?

HARRIET
Vous ne vous souvenez pas, il y a peu de temps je vous avais fait part de mon attachement à Mr Knightley.

EMMA
Mr Knightley ? Mais non, vous aviez parlé de Mr Churchill !

HARRIET *(Avec désinvolture elle prend une part de gâteau.)*
Vous avez mal interprété mes propos, alors.

Emma lui reprend la part de gâteau.

EMMA
Je ne pense pas. Vous parliez de votre sauveur qui vous avait arrachée aux griffes d'un vagabond.

HARRIET
Je ne parlais nullement de cela ! Je parlais de Mr Knightley qui m'arracha aux griffes de Mr Elton lors du bal chez les Cole où il me fit bien des désagréments. *(Emma semble effondrée. Harriet s'en inquiète.)* **Vous semblez toute chose. Après tant d'émotions, c'est bien normal que vous soyez malade. Venez, je vais vous raccompagner dans votre demeure.**

EMMA
Non merci, Harriet. Laissez-moi seule. J'ai besoin de me recueillir.

HARRIET
Très bien, Emma… Je vous laisse.

Elle se lève et sort.

EMMA
Je suis vraiment stupide… *(Elle pleure.)* **Ainsi, Mr Knightley serait épris d'Harriet… Comment cela se peut… Je n'ai rien vu venir.**

La lumière s'éteint.

Scène 14
Churchill mis à jour par la langue bien pendue de *Bates*
Emma, Bates, Weston

La lumière est éteinte.

EMMA Voix Off
Les semaines qui suivirent furent délicates. Il me fallait regagner la confiance de Miss Bates. Je me rendais chaque jour à son domicile, mais à chaque fois je me faisais éconduire… Il y a deux jours, en me promenant dans le village, je tombais nez à nez avec Miss Bates. Passée notre surprise mutuelle, nous nous jaugeâmes un instant. Puis, je m'excusai de mon affront. Miss Hetti Bates me regarda pleine de candeur et me fit un demi-sourire. Je revins la voir hier et fus reçue avec diligence. Je sentais bien sa réserve au début puis, au fil de nos discussions, elle reprit son phrasé intarissable, me faisant presque regretter le silence dû à notre mésentente.
En toute amitié, il n'y a pas que des bonheurs, il y a aussi les imperfections que nous avons tous et que nous devons chérir…
Depuis le pique-nique, Mr Knightley est allé à Londres chez son frère, prétextant qu'il avait un conseil à lui demander. Je me suis souvent posé la question si cela n'avait pas à voir avec Harriet. A cette seule idée je souffre. Tant que je savais

Mr Knightley seul et sans demande en mariage, je ne me rendais pas compte de mon attachement pour sa personne. Mais maintenant que je le sais proche d'un mariage, je ressens tout un tas de choses que je ne pensais pas receler. J'ai vu le changement opérer chez Mr Knightley envers Harriet. *(La lumière s'allume progressivement. Emma prie à genoux.)* Au début, il la jugeait déplorablement. Puis au fil de leurs entrevues il fut gagné par sa gentillesse et sa beauté. Je n'ai pas revu Harriet depuis des semaines, car je n'ose plus la regarder en face tant je me sens fautive de l'avoir conduite à regarder Mr Knightley d'un œil plus favorable. De plus, je suis gagnée par un sentiment que je déplore, « la jalousie ». Oui, je suis jalouse d'Harriet ou de toute autre jeune fille qui ravirait le cœur de mon Mr Knightley. Je vous en prie, mon Dieu, quitte à ne jamais être la favorite dans le cœur de Mr Knightley, faites qu'il ne se marie jamais pour que nous puissions rester les meilleurs amis du monde.

Miss Bates entre en trombe, toute essoufflée.

BATES
Emma !

Elle s'arrête et respire fortement. Emma, inquiète, la rejoint.

EMMA
Qu'y a-t-il, Miss Bates ? *(Elle lui tapote sur le dos tant elle étouffe.)* **Reprenez-vous Miss Bates !**

BATES *(D'une petite voix étranglée.)*
J'essaye… *(Emma la conduit à s'asseoir, puis elle s'agenouille à ses côtés.)* Si vous saviez, si vous saviez !… Oh non, vous ne pourriez deviner cela.

EMMA
Mais de quoi parlez-vous ?... Dites-moi, je n'en puis plus ! Est-ce en rapport avec Mr Knightley ?

BATES
Mr Knightley ? Il est vrai que tout le monde pensait que Mr Knightley épouserait un jour ma nièce. Mais non, ce n'est pas de lui dont il s'agit… Nous venons d'apprendre par Mr Campbell que ma nièce, Jane, était fiancée à Mr Churchill depuis plusieurs mois.

EMMA
Mr Churchill… et… Miss Fairfax !?

BATES
C'est ce que je viens de vous dire, Miss Woodhouse. Suivez un petit peu, cela m'aiderait bien car j'ai les nerfs à vif ! Comment a-t-elle pu me cacher ; nous cacher cela ? Ma pauvre mère est dans tous ses états. Nous sommes heureuses pour elle puisque Mr Churchill est un beau parti, mais nous sommes outrées de par leurs mensonges éhontés.

Mrs Weston entre.

EMMA
Quelles que soient les raisons de leur silence sur leur amour, Mr Churchill s'est conduit de la pire des façons. En taisant l'objet de son affection, il a incité moult demoiselles à le croire libre. Pire encore, il a favorisé le rapprochement de certaines de ces jeunes filles. Il a eu une conduite déplorable, indigne de son rang.

WESTON
Emma ?

Miss Bates, sous l'effet de la surprise, se lève brusquement.

BATES
Mrs Weston !... Oh, pardonnez-moi !

WESTON
Il n'y a rien à pardonner, Miss Bates, vous étiez autant en droit de lui faire part de cette nouvelle que moi.

Emma se lève et va s'asseoir.

BATES
Je me retire donc pour vous permettre de vous parler librement.

Elles se saluent avant que Miss Bates gênée sorte en prenant au passage l'assiette copieusement garnie de gâteaux. Weston s'approche d'Emma et s'assoit à ses côtés en lui prenant la main.

WESTON
Je suis désolée, ma tendre Emma.

EMMA
Je vous assure que vous n'avez aucune raison de l'être.

WESTON
Vous n'êtes point éprise de Mr Churchill ?

EMMA
Non, pas le moins du monde.

WESTON *(Grandement soulagée.)*
Mr Weston et moi-même avons été anéantis en apprenant cette nouvelle, puisque nous rêvions de vous voir épouser Franck. En fait, tout le monde espérait vous voir mari et femme. Quel soulagement pour nous de savoir que vous n'aviez nulle vue sur mon beau-fils… Mais je ne comprends pas votre peine, Emma.

EMMA
Je ne supporte pas que l'on puisse me narguer de la sorte. Franck Churchill n'a pas arrêté de dénigrer Miss Fairfax. Sans doute pour donner le change, mais cela revient à dire qu'il nous a menti sans aucun scrupule. Qu'il a pris cela pour un jeu alors que ce n'en n'était pas un. Il n'est point gentleman pour avoir pris de telles libertés. Il n'a eu de cesse de plaire alors qu'il se savait engagé ailleurs.

WESTON
Sa tante ayant rendu l'âme il y a moins de deux semaines, j'en déduis qu'il ne voulait en dire mot tant qu'elle serait en vie de peur de ne pas avoir son approbation.

EMMA
Ce n'est pas une raison pour mentir aux gens qui lui sont proches… Je suppose que le piano est un cadeau qu'il lui a fait. *(Weston fait un signe d'approbation.)* Décidément, cet homme est un goujat, je ne saurais le regarder en face à présent.

WESTON
Et pourtant vous allez devoir, Emma, car il sera là dans les jours qui viennent, Miss Fairfax à son bras. Et nous devrons nous réjouir pour leur union. Durant sa brève visite, tôt dans la matinée, Franck nous promit de nous écrire au plus vite. Peut-être que cette lettre nous éclairera sur sa conduite et celle de Miss Fairfax. J'ose espérer que cela l'excusera de tout. En attendant, je lui garde ma plus sincère affection car je ne peux croire qu'il ait agi avec l'intention de nuire.

Elles s'enlacent.

La lumière s'éteint lentement.

Scène 15
L'amour dévoilé
Knightley, Emma, Harriet

Un soleil radieux.
Mr Knightley est dans le jardin d'Emma. Il tient la raquette de badminton et la regarde avec un émoi certain. Emma entre. Ils se saluent.

KNIGHTLEY
Je suis rentré ce matin même de Londres.

EMMA
Il a plu toute la matinée, vous auriez dû attendre une éclaircie avant de prendre la route.

KNIGHTLEY
Oui, mais j'avais hâte de revenir à Highbury.

Il se détourne d'elle, se sentant gêné. Emma, ne sachant comment faire régner un climat moins tendu, essaye d'entretenir la conversation.

EMMA
Votre frère et ma sœur se portaient-ils bien ?

KNIGHTLEY
Très bien. Les enfants les mettent sur les nerfs mais ils s'en accommodent… Nous avons reçu une lettre de Mr Weston. *(Il s'approche d'Emma et lui prend la main.)* **Emma, je suis vraiment désolé… Enfin… Le temps efface bien des tourments.**

EMMA
Mr Knightley, ne vous tourmentez pas pour moi. Je ne suis point éprise de ce jeune homme.

KNIGHTLEY
Emma, je vous connais forte de caractère. Vous n'avez pas à vous masquer à moi.

EMMA
Telles ne sont pas mes intentions. Je vous parle avec sincérité. Je vous remercie de tant de compassion. Je peux admettre avoir été séduite par les manières courtoises de Mr Churchill, mais cela n'a pas duré.

Knightley garde le silence un instant.

KNIGHTLEY
Je n'ai jamais apprécié Mr Churchill et je suis navré que Jane Fairfax lui soit fiancée car je suis presque sûr qu'il ne la conduira pas au bonheur tant il est instable. Mais j'ose espérer qu'il s'amendera et que l'âge aura raison de sa jeunesse impulsive. Je lui souhaite tout le bien possible.

EMMA
Je suis certaine qu'il est réellement épris de Jane et qu'en cela ils trouveront leur bonheur.

KNIGHTLEY
Est-il conscient de la chance qu'il a de trouver, si jeune, ce que tant d'hommes ont du mal à avoir même dans le plus avancé des âges ? Sa fortune est grande de trouver une jeune fille qui ne lui tienne point rigueur de ses inconduites. Même sa négligence n'a eu raison de l'amour que lui témoigne Jane Fairfax. Le simulacre dont il a fait preuve envers tout le monde ne demande qu'à être oublié. En cela il est plus que chanceux.

EMMA
Vous semblez l'envier ?

KNIGHTLEY
D'une certaine manière, oui, je l'envie, Emma…

Un silence se fait, plein de gêne de part et d'autre. Elle reste interdite. Puis, elle se dirige vers la raquette que Knightley avait laissée sur la table et la prend.

EMMA
C'est curieux nous n'ayons pas rejoué depuis l'après-midi… de notre singulier désaccord.

KNIGHTLEY
Voulez-vous savoir pourquoi je le jalouse ?... Pourquoi ne me le demandez-vous pas ? C'est ce que vous auriez fait en d'autres circonstances. Vous êtes toute en retenue. Mais moi, je me refuse d'être raisonnable. Pas aujourd'hui. Même si je dois le regretter dans quelques instants.

EMMA
Alors ne vous compromettez point en disant ce que nous regretterions amèrement.

Il est vexé et en même temps triste.

KNIGHTLEY
Dans ce cas… Je vous laisse si cela est trop pénible pour vous.

Il prend sa veste et la met. Emma n'ose pas le regarder et affiche un profond désarroi. Au moment où Knightley s'apprête à sortir elle court vers lui.

EMMA
Pardonnez-moi, Mr Knightley, de vous avoir peiné. Je ne voulais pas me montrer désobligeante. Je suis prête à entendre tout ce que vous voudrez me narrer. Je ne vous interromprai pas. Je serai forte en toute circonstance, mon ami. Vous pouvez donc me parler avec votre cœur.

KNIGHTLEY
Mon ami ?... Je crains que le malentendu soit en ce mot. Mon souhait n'est pas d'être… J'ai répété cela dans ma tête

des centaines de fois et me voilà à hésiter comme un enfant. Mais je suis allé trop loin pour me soustraire maintenant à cet embarras… Puis-je vous demander si j'ai une chance, même infime, de conquérir votre cœur ? Ma bien-aimée Emma, c'est ainsi que je me permets de vous appeler. Quel que soit l'issue de cette conversation, vous serez pour toujours mon tendre amour… *(Emma reste figée de stupeur.)* Je ne suis pas fait pour les longues tirades, ni pour des vers. Je ne saurais vous conter mon amour en un sonnet et si je ne vous aimais pas autant je serais bien trop loquace. Hélas mon cœur vous appartient. Vous avez été si forte quand je vous ai rabrouée et critiquée. Vous l'avez supporté avec force et diligence… Mon amour, si vous devez m'éconduire, faites-le immédiatement… Ma tendre Emma, dîtes un mot. Un seul pourrait me combler… Vous ne dîtes rien, me voilà donc fixé…

EMMA
Est-ce une illusion ?... Ne voyez en mon silence aucun motif de refus, car je ne l'ai gardé que par pudeur et parce que je buvais vos paroles. Je les décortiquais tant je n'y croyais point… Je vous aime de tout mon cœur et je ne l'ai compris que tardivement.

KNIGHTLEY
Vous acceptez donc ma main ?

EMMA
Oui, Mr Knightley.

KNIGHTLEY
Je serais heureux si vous prononciez le nom « George ».

EMMA
Je vous aime en tant que Mr Knightley, mon cher et tendre Mr Knightley.

Ils s'enlacent.

KNIGHTLEY
Je suis si fou de joie que je veux que tous soient au courant aujourd'hui même de nos fiançailles.

EMMA
Oh mon Dieu, je n'avais point songé à mon père. Je ne peux le laisser seul.

KNIGHTLEY
Soit, mon ange. Tant qu'il vous désirera à ses côtés, nous demeurerons à Hartfield.

Harriet entre.

EMMA
Oh merci, mon tendre Mr Knightley !

Ils s'embrassent.

HARRIET
Mon Dieu !

Harriet est anéantie. Elle s'enfuit sous l'œil surpris de Mr Knightley. Emma se précipite pour la rattraper.

EMMA
Harriet ! Revenez !
Knightley la retient.

KNIGHTLEY
Emma, qu'est-ce qui se passe ?

EMMA
Elle vous aime !

KNIGHTLEY *(Taquin.)*
Non, est-ce possible !?

Elle s'effondre dans ses bras en larmes. Mr Knightley abandonne son sourire et la serre très fort.

Lumière éteinte

Scène 16
Les marriages fusent
Emma, Knightley, Harriet, Weston

EMMA Voix Off
Harriet, oh Harriet ! Tout est de ma faute. Si je ne m'étais pas entremise dans ses affaires de cœur, rien de tout cela ne serait arrivé. Je suis bien punie maintenant. Je ne puis goûter à mon bonheur de fiancée tant que la souffrance de mon amie ne sera pas atténuée. Mais je doute qu'Harriet puisse tomber amoureuse quatre fois en une seule année. Ce serait vraiment inespéré, même pour elle. Mon Mr Knightley l'a envoyée à Londres chez son frère dans l'espoir que la diversité de cette ville puisse sécher ses larmes... Quand nous apprîmes à mon cher père nos fiançailles, cela le mit dans une colère noire. Il essaya par tous les moyens de me dissuader de me marier, prétextant que Mrs Weston, Mrs Elton et Miss Fairfax étaient bien à plaindre de s'être laissé tenter par les liens du mariage. Et il appuya fortement sur le mot « liens ». Il y avait là toute l'ambiguïté du mariage. Prouvant ainsi que la torture infligée par les liens du mariage était sans fin. Il me décrivit le mariage telle une potence, en insistant bien sur cette corde enserrant le cou du pauvre malheureux qui s'y serait laissé prendre. Bref, plus insipide que le mariage, cela n'existe point pour lui. Je pense qu'à force de persévérance mon père finira par accepter

qu'on me mette la corde au cou… *(La lumière s'allume progressivement sur Emma et Mrs Weston. Cette dernière juxtapose sur la tenue que porte Emma une robe de mariée. Cependant, Emma semble triste et Mrs Weston essaye de la rendre joyeuse.)* **Après, nous sommes allés l'annoncer aux Weston qui furent fort heureux pour nous. Je comptais sur Mr Weston pour jouer la commère et ainsi l'annoncer à tout Highbury. Cela nous a évité de trop nous fatiguer. Merci, Mr Weston. Franck Churchill finit par écrire à Mrs Weston et s'amender de tous ses torts auprès de tous ceux qui avaient été abusés par lui.** *(Emma s'assoit tristement, tandis que Mrs Weston, navrée, sort.)* **Nous nous réjouissons dès à présent de célébrer le mariage de Franck et Jane. Comme j'aimerais en dire autant de ma chère Harriet Smith.**

Mr Knightley entre accompagné d'Harriet. Emma est étonnée, tandis que la jeune fille est plus qu'intimidée. Emma la rejoint et lui prend les mains.

EMMA
Miss Smith, quel honneur de vous recevoir chez moi, cela faisait si longtemps !

HARRIET
Oui, plus d'un mois maintenant.

KNIGHTLEY
Miss Smith est venue vous faire part d'une grande nouvelle qui, j'espère, ne vous chagrinera pas trop.

EMMA *(Elle est inquiète.)*
Me chagriner alors que je suis si heureuse de vous revoir ?

KNIGHTLEY
Je vous laisse vous entretenir, je vais m'asseoir pour ne point vous déranger dans votre entrevue.

Il s'assoit, prend son journal et fait semblant de le lire.

HARRIET
Pouvons-nous nous asseoir sur la couverture ?

Emma entraîne Harriet à s'asseoir.

EMMA
Je vous sens toute émotive. Que se passe-t-il ?

HARRIET
Je vais essayer de commencer par le début… Vous vous souvenez de Mr Martin ?…

EMMA *(Interloquée.)*
Qui ?

HARRIET
Mr Martin, mon ami ! Vous ne pouvez l'avoir oublié ?

EMMA
Ah, Mr Martin ! Non, je ne l'ai point oublié. Comment aurais-je pu ? Je suis juste surprise d'entendre son nom. Comment va-t-il ?

Harriet est étonnée d'une telle demande et se tourne vers Knightley, ne sachant comment réagir. Ce dernier, ayant senti l'embarras de la jeune fille lui jette un regard d'encouragement.

HARRIET
Il va bien… Très bien.

EMMA
Oui, cela ne peut être autrement. J'ai entendu dire que c'était un jeune homme fort bien bâti. Vous l'avez croisé, ces derniers temps ?

HARRIET *(Hésitante.)*
Bien… Oui.

EMMA
S'est-il procuré ces livres que vous lui aviez si gentiment proposé de lire ?

HARRIET
Oui ! Il m'en a parlé ! C'est extraordinaire de lire un livre !

EMMA
Vous croyez ?

KNIGHTLEY
Emma !

EMMA
Il n'y avait rien de sarcastique dans mes propos. Je constate que Mr Martin, se sachant éconduit, a fait tout ce qu'il fallait pour rentrer dans les bonnes grâces de notre amie. Vous voyez, il y a du bon à refuser la main d'un homme peu gentleman. *(Knightley toussote en regardant Emma de manière taquine.)* Alors, Harriet, que vouliez-vous m'annoncer ?

HARRIET *(Elle prend une forte inspiration.)*
Mes fiançailles avec Mr Martin. *(Emma la regarde un instant, stupéfaite, puis elle se met à rire. Harriet, ne comprenant pas, regarde Mr Knightley, qui lui renvoie un regard désespéré.)* Je suis vraiment navrée que cela puisse vous amuser néanmoins c'est la stricte vérité.

EMMA
Pardonnez-moi, mais c'est vraiment une excellente nouvelle. La meilleure qui soit, mon amie. Je n'aurais souhaité une fin aussi ironique pour ma désastreuse carrière d'entremetteuse.

HARRIET
J'étais effectivement chanceuse de vous avoir choisie pour marieuse. Il est clair que cela m'a coûté bien des désagréments. En réalité, peut-être devais-je passer par ce chemin sinueux pour réaliser à quel point Mr Martin comptait pour moi. Nous nous aimons bien plus qu'il y a un an… *(Elles se regardent pleines de compassion.)* Alors, c'est vrai !? Vous partagez mon bonheur, Emma ?

EMMA
Je le partage, en effet. Votre bonheur va combler le mien… *(Elles s'enlacent.)* **Mais dites-moi, comment avez-vous croisé Mr Martin ?**

HARRIET *(Toute guillerette.)*
Bien, préparez-vous à une histoire extraordinaire. J'étais chez votre sœur et votre beau-frère à Londres quand arriva Mr Martin qui avait été envoyé là par Mr Knightley en personne. Quelle curieuse coïncidence que je me fusse trouvée là !

EMMA *(Soliloquant.)*
Ben voyons, une coïncidence !

Elle sourit à Mr Knightley.

HARRIET
Bref, cela me conduisit à lui adresser la parole et je fus surprise de constater qu'il avait toujours de l'admiration pour moi. Vous vous rendez compte ? Cela me paraissait impensable. Nous eûmes mille conversations qui nous conduisirent à nous éprendre de nouveau l'un de l'autre… En fait, vous n'étiez pas sérieuse quand vous disiez que nous ne pourrions plus nous adresser la parole si je me mariais en dessous de ma condition ?

EMMA
Bien sûr que j'étais sérieuse ! Comment pouvez-vous vous imaginer que je puisse vous recevoir après un tel mariage ? *(Harriet est mortifiée.)* **Je plaisante, Harriet, je plaisante !**

Ils rient en cœur.

EMMA Voix Off
Enfin, presque !

La lumière s'éteint lentement

FIN

LES SCÈNES

Scène 1
Monologue à Highbury
Personnages : Emma, Weston, Elton, Bates, Harriet, Knightley, Mrs Elton, Churchill

Scène 2
A propos de Mr Martin !
Personnages : Emma, Harriet

Scène 3
Harriet, la pire amie qu'ait eu Emma !
Personnages : Weston, Knightley, Emma

Scène 4
Le commérage de Miss Bates
Personnages : Bates, Emma, Harriet, Elton

Scène 5
Une peinture au Badminton
Personnages : Weston, Knightley, Elton, Emma, Harriet

Scène 6
Effeuillage de propos ?
Personnages : Weston, Harriet

Scène 7
La charade
Personnages : Emma, Harriet, Bates

Scène 8
L'envolée de Mr Elton
Personnages : Elton, Emma

Scène 9
Au secours Mrs Weston !
Personnages : Weston, Emma, Harriet

Scène 10
Mr Churchill et les échecs
Personnages : Bates, Knightley, Emma, Harriet, Weston, Churchill

Scène 11
L'invitation chez les Coles
Personnages : Knightley, Emma, Harriet, Churchill, Elton, Weston, Mrs Elton

Scène 12
Churchill embrouille Emma
Personnages : Churchill, Emma, Knightley, Weston

Scène 13
Le pique-nique de tous les dangers
Personnages : Mrs Elton, Elton, Emma, Bates, Churchill, Knightley, Harriet, Weston

Scène 14
Churchill mis à jour par la langue bien pendue de Bates
Personnages : Emma, Bates, Weston

Scène 15
L'amour dévoilé
Personnages : Knightley, Emma, Harriet

Scène 16
Les marriages fusent
Personnages : Emma, Knightley, Harriet